記憶の歳時記

村山由佳
yuka murayama

集英社

記憶の歳時記

村山由佳

もくじ

はじめに

編集者に恵まれている。それこそが、書き手としての私が持って生まれた最も強い星ではないかと思っている。

デビューして三十年たったが、みんなが私に優しくしてくれるわけではない。むしろみんな、おっかない。おっかないというのは、〆切に厳しいとか怒るとこわいとかいうのではなくて、「作品への要求が底なしに欲深い」という意味だ。

信頼する編集者たちがはっきり言葉にしないまままちらつかせる、〈とにかく前とは違う、前より高く深く凄いやつを〉という要求は、書く側にとってはただもうそれだけで崖っぷちに追いつめられるくらいのプレッシャーとなるのだけれど、そうして求められれば何としてでも応えたくなる。やるしかないと思って努めるうち、知らぬ間にハードルを越えている。

恵まれているとはそういうことだ。

これまで連載してきたシリーズ・エッセイ――『猫がいなけりゃ息もできない』、『もみじの言いぶん』、『命とられるわけじゃない』――と同じく、この『記憶の歳時記』も初めはテーマさえ決まっていなくて、おなじみ担当編集者T嬢との打ち合わせを通してだんだんとおぼろげなかたちをとっていった。

しばらく猫を中心にした話が続いたから、こんどは少し角度を変えてみようか。せっかく自然の豊かな環境に暮らしているのだし、季節の話題をふんだんに盛り込んでみるのもいいかもしれない。かといってただの歳時記ではちょっと退屈だから、一つひとつを子どもの頃や学生時代の想(おも)い出と結び合わせるようにして書くのはどうだろう……。

T嬢と私、どちらが何を言ったかは覚えていない。いずれにせよ、話せば話すほど、私が跳び越えるべきハードルはどんどん高くなっていった。

本編の終わりのほうにも書いたけれど、始める前はこんなにたくさん母について語ることになるとも、またその語り口がそれこそ〈前とは違うやつ〉になるとも予想していなかった。

書く、とはつくづく不思議な行為だ。意識さえしていなかったものがいきなり言葉となって飛び出してくることがある。唐突だからといって無視すれば大事なことを見失うし、また逆に、思いがけない何かが必ず真実を物語っているとも限らない。ある記憶がきっかけとなってするすると芋づる式に引っぱり出されてくる感情や理屈を、何度でもとっくり検証した上で、言葉に置き換えて定着する——それを地道に積み上げることによってしか、私たちは自分という人間の輪郭をつかんでゆくことができないのじゃないかと思う。

何はさておき、今回T嬢が私に提示したいちばん高いハードルは、

「十二ヶ月ぶんのエッセイの締めくくりに、書き下ろしの掌編を一本お願いします。できれば、〇〇視点なんていうのはどうでしょう」

というものだった。

……できれば、だって？

それはつまり、やるしかないってことじゃないか。

卯月
April
あのお茶目な祖母は、今の私たちが
夫婦として一緒に暮らしているのを
知ったら何と言うだろう。

卯月

想い出の手触り

軽井沢に引っ越してきて十年余り、たまに身内が来て泊まるほかは物置と化していた小さな和室を、思いきって着物部屋にしたのは去年のことだった。

せっかく溜めこんだ和服をもっとせっせと着たい。八割方は古着屋やネットオークションで手に入れたものだけれど、洋服と同じクローゼットにしまうには限界があるし、広げるにも畳むにも床の上ではうまくない。やはり和のものは和箪笥にしまい、畳の上で愛おしみながら手入れをしてやりたい。

もともとこの建物は、大物家具などの通販カタログ製作も扱うような写真スタジオで、二階の端にある和室はオーナー夫妻の居室だったようだ。移り住んだ時点で築十七年、今ではあちこちガタが来ている。夏暑く、冬寒く、雨漏りもする。

和室だってほんとうは畳替えをするのがいちばんなのだが、とにもかくにもホームセンターでい草の畳カーペットを買ってきてパートナーの〈背の君〉に頼み、すぐにはどけることのできない重たい箪笥をよけ、出隅入り隅を切り欠いてピシリと張ってもらった。さすがは内装のプロ、手際の良さと職人技の仕上がりに惚れ直すという思いがけない副産物まであって、めでたい限りである。

土地柄、十一月下旬から四月の半ば過ぎまで、つまり一年の半分はあたりまえのように雪が降るのだけれど、三月の声を聞いた頃から陽射しの感じだけがふっと変わって日に日に春の気配が濃くなり、素っ気なかった庭にも少しずつ彩りが戻ってくる。

和室の東側にある引き違いの窓を開け放ち、まだ少し冷たい風と陽射しの温もりとを同時に感じながら、虫干しを兼ねて和箪笥の扉や引き出しを全部開け、たとう紙を広げ、防虫剤を入れ替える。

シャツにアイロンをかけて畳むのは面倒くさいのに、相手が和装小物や着物であれば苦にならないのはどうしてなのだろう。脂や汚れがつかないよう、あらかじめきれいに洗った手で撫でるようにして折り目を正しながら、滑らかで官能的な絹の手触りを存分に愉しむ。

そういえば映画『ラスト サムライ』の撮影時、ハリウッドのスタッフは当初、小雪さんのまとう衣装を手に入れやすい洋服生地のシルクで作ってみたものの、思うような雰囲気が出ず、結局は日本から着物の反物を取り寄せて作り直したと聞いたことがある。同じ一〇〇%シルクでも、洋服に使われる絹と着物の正絹とではふしぎと風情が異なるらしい。

私のいちばん古い記憶にある着物は、七五三のために祖母が縫ってくれた梅柄の小紋で、今思い返してもけっこう大人っぽい綺麗な柄だった。

当時の祖母は六十代後半。年に一度くらい、暖かな季節を選んで大阪から長女夫婦を訪ねて出てきては、東京練馬区の石神井にあった私たちの家にそのつどひと月ほど滞在していた。自身の夫はとうの昔に他界していたし、大阪の家は息子たちが守っていたので、本人はかなり自由だったのだと思う。寡婦となってからは女手ひとつ、ネーム刺繍の仕事一本で三人姉弟を育てた職業婦人でもあり、逞しくて賢くて溌剌としていて、さらに言えばとても美しいひとだった。

春の陽射しが降り注ぐ我が家の縁側、干した座布団の上では猫が丸くなっている。庭の水たまりに反射した光が、板張りの天井にゆらゆらと波のような模様を作る。眩しすぎない程度に明るい部屋の中で、祖母は長い反物に竹の物差しをあててはヘラやチャコで印を付け、真剣な顔で裁ちばさみを入れ、毎日少しずつちくちくと縫いものをした。ずり落ちてくる眼鏡を鼻の上に押し上げ、時々針の先で頭の地肌をひっかいては滑りを良くしながら、

「ゆかちゃん、また針に糸通してぇな」

私にもちゃんと仕事をくれたし、通せたものを手渡すと、

「あんたはほんま器用やなあ。お裁縫もきっと上手になるわ」

と大げさに褒めてくれた。

絹の感触はつるりとして、手に取ると、とろん、と水のように垂れた。くだんの梅柄の着物に始まって、しゃぼん玉模様のぱりっとした浴衣や、赤いウールのほっこり暖かな着物など、全部で何枚縫ってもらっただろう。多くは肩上げや腰上げをしてあったから、少しずつ裄や丈を伸ばしながらずいぶん長く着た。

やがて祖母は衰え、記憶も手もともおぼつかなくなっていった。

私は中学生になっていた。あんなにピンシャンとしていたひとがたった今のことさえ忘れてしまうのが悲しく、それでも祖母のことは大好きだったので、会えば何度でも同じ話に付き合った。

その頃から母は、私の着物を別のところに頼んで仕立ててもらうようになった。

「もう背丈も伸びひんし、大人になってもサイズはそう変わらへんから大丈夫や。いつかお嫁に行くとき恥ずかしないように、今から準備しとかなな」

そう言って、歳末大売り出しのたびに反物を買い込んできては次々に仕立てる。

「どや、見てみ。振袖から訪問着から小紋から、こんなに早う嫁入りの着物まで揃えてる親、あんたのクラスにもきっとおらんで」

ありがたいことなのは重々承知の上で、私は思っていた。濃い赤やピンクの派手な着物は好きじゃない。全体にびっしり花模様があるのもいやだ。せっかく揃えてくれるのなら、ブルー系か薄色のもっとあっさりした柄行きの着物がいい。というか、そんな大事なもの、できれば買う時は一緒に行って相談の上で選ばせてほしい。

でも、言えなかった。母の勢いに圧倒されていたのと、鼻高々な気分に水を差したくなかったのと、機嫌を損ねて怒られたくなかったのと、それからやはり、傷つけるのが怖かったのもある。とにかく言えなかった。

何しろ母は浪費家であったから、自分の服など一生かかっても着られないほど買い込んでいたけれど、おそらく当人にもいささかの後ろめたさはあったのだと思う。〈娘の嫁入り準備〉となれば誰からも後ろ指さされずに済むわけで、あれは私のためであると同時に、いやそれ以上に、母にとっての愉しみであり趣味であり、堂々と買い物をするための口実でもあったのだろう。

ただ、どういうわけか、娘の〈嫁入り道具〉を次から次へと仕立てながらも、自分自身の着物を新調することはなかった。

かわりに一度、持っている色無地と紬(つむぎ)の染め変えをしたことがある。元はどんな色だったのか、それぞれ綺麗な紺色に染め上がった着物が悉皆屋(しっかいや)さんから戻ってきた時、母はたとう紙を広げるなり、それはそれは嬉(うれ)しそうな顔をした。

数年前、実家の箪笥の整理をしていたら、黄ばんだたとう紙からその二枚の着物が現れた。広げてみるなり、そこに母の影が立ったような気がして、それこそ後ろめたさに胸がしぃんとなった。

仕立ててもらった着物のほとんどに、私はいまだ一度も袖を通していないのだ。身長が止まってからも腕だけはにゅうにゅう伸びたせいでどれも裄がつんつるてん、という問題が一つと、じつは着物にも時代なりの流行というものがあって、思いきりアンティークなものならばともかく中途半端に昭和な柄行きのものはなかなかに着づらい。それこそ染め直しやお直しという手段はあるけれど、そこまでする踏ん切りもつかず、かといって手放したりするのは母に申し訳なくて、箱に収めて保管してある。たぶん、私が死ぬまでずっとあのままなのじゃないかと思う。

母の二枚の着物がしまってあった実家の箪笥からは、昔の写真も出てきた。白黒のものもあれば、カラーながら色あせたものも、とにかくばらっばらのぐちゃぐちゃに突っ込んであるのがさすが母という感じで、そういうところは確実に娘の私にも引き継がれている。

と、そのうちの一枚に目がとまった。

高校の卒業式、両親に挟まれた私は濃紺のガウンに身を包み、博士みたいな四角い帽子を頭にのせている。向かって右側には、トレンチコートを着た照れくさそうな父。そして左側に立つ母は、まさに染め変えたばかりの濃紺の色無地を着て、クールな微笑を浮かべている。

昔は鬼のように怖いとばかり思っていた母も、そうして改めて眺めて見ると、祖母とはまた違った雰囲気を持つ美しいひとだった。

❀

血のつながりとは不思議なものだ。

子どもの頃、私は父にも母にも似ていないと思っていた。兄が二人いたが、そのどちらにもあまり似ていなかった。

それなのに、三十路(みそじ)にさしかかった頃から急に、インタビュー記事などに載った自分の顔が、同じく三十そこそこだった頃の次兄を思い起こさせることが増えてきて、おまけにその兄は今や、ふとした表情が亡き父に見える時がある。

さらに、なつかしい写真を見ると、当時は気がつかなかったことにも目が留まる。くだんの卒業式の写真など、私と父は顔の造作こそそれほど似ていないものの、表情がそっくりなのだ。カメラを向けられるだけで、ちょっと気持ちが引いてしまうところ。そういう自らの自意識が面倒くさくて、つい苦笑まじりのはにかみ笑いを浮かべてしまうところ。

とはいえその日の父は、誇らしげで嬉しそうでもあった。

母との関係性にしばしば苦痛を覚えていた私が、それでもたいしてひねくれずに育つことができたのは、ひとえに父のおかげだと思っている。仕事が忙しくて家には不在がちだったけれど、そばにいる時は、父なりにありったけの愛情を私に向けてくれた。不器用だったが、母が言うほど冷たいひとではなかった。

この父が、自意識もへったくれもなしに、ほんとうに手放しで大喜びしたのを見たことが一度だけある。ミッション系の女子小学校に、私が受かった時だった。

筆記でどんな問題が出たかはあまり記憶にないのだけれど、面接試験の内容は今でも覚えている。当日、終わるなり娘から詳しい話を聞き出した母が、その後もずっと語り草にしていたおかげだ。

風景写真を四枚見せられて、どの季節が好きですか、と訊かれた。私は秋がいちばん好きだと言い、理由を訊かれると自分の心臓を指し、

「きれいな葉っぱが散ってしまうのを見ると、胸のここのところがきゅうっとなるから」

と答えた(らしい)。

また、家でのことを何でも話して下さい、と促されて、猫の話をした。

「〈チコ〉っていう名前でね、あたしの弟なんだけど、ピアノの上にのぼるたんびに、お母さんがすごく優しい声で、チコや、チコや、って言いながら抱き上げるの。そうして、よしよしええ子やな、ってそうっと床に下ろしてから、頭をぽかちん、って叩くの。『このアホ! 大事なピアノに傷ついたらどないすんのん!』って」

ちなみに、保護者の面接において学校側から、娘さんにはどのような大人になっ

てもらいたいですかと訊かれた時、母は、「いいオンナになってほしい」と答えた（そうだ）。それもまたあまりにあのひとらしくて、いま思っても何とも言えない微妙な気分にはなる。

ともあれ、その日小学校まで合否を確かめに行った父は、昼前に帰宅するなり娘を抱き上げてぐるぐる回った。

「ようやった、でかした、ようやった」

私のほうは、父が何をいったいそんなに喜んでいるのかわからないままに晴れがましくて照れくさくて、いつもは絶対に届かない蛍光灯の笠の模様を間近に眺め、スイッチの紐に手を伸ばして触るなどしていた。母が華やいだ声で、大阪の祖母に電話をしているのが聞こえた。

入学式の時に母が着物を着ていたかどうかは定かでない。一緒に写真くらいは写したはずなので、いつかまた、実家のどこか予想もしないようなところからひょっこり見つかるのかもしれない。逆に考えると、人が自分の記憶だと思いこんでいるものの中には、後から写真を見たり、身近な人の語る思い出話などによって形作られただけで、ほんとうには憶えていないことというのが沢山あるのだろう。

祖母が縫ってくれた例の七五三の着物を、私は長らく、薄水色の生地に紅白の梅の花が描かれているものだとばかり思っていた。これまた久々に実家の箪笥から出てきた実物は、白い綸子地に赤い枝、水色の梅の花模様だった。

一度は解いて羽織に縫い直してくれたのだけれど、やはり裄丈や着丈が足りない。かといって祖母の思い出がいっぱい詰まっているそれを、しまいこんだまま箪笥の肥やしにしておくには忍びない。

「いっそ、帯に仕立て直してもらおかな」

と言ったら、背の君がすぐさま、ええやんか、と賛成してくれた。

でも、梅柄の帯が他にないわけじゃないし、お直しに出せばそれなりに費用もかかる。

「あほやな。そういう金の遣い方は贅沢とちゃうがな。お前がまた愉しんで着倒してこそ、ばあちゃんも喜んでくれはる思うで」

――ばあちゃん。私にとっても、五つ下の従弟（いとこ）である背の君にとっても、永遠に大好きなばあちゃん。

昔々、〈お猿のかごや〉をして遊んでもらったのを思い出す。着物の腰紐を二本繋（つな）いで輪にした中に、祖母と私と幼い彼とが三人そろって入り、大阪の古くて広い家を部屋から部屋へ、えっさほいさっさ、と歌いながら練り歩いた。

あのお茶目な祖母は、今の私たちが夫婦として一緒に暮らしているのを知ったら何と言うだろう。「よう言わんわ」と、あの世であきれて笑っているのが見えるようだ。

今の気分と少し違う着物も、好きな色に染め変えることでまた大切にすることができる。このままでは着ることのない羽織も、工夫して仕立て直せばお気に入りの帯になる。

人と人との関係も、たぶん似たようなものなのだろう。それぞれが、その時々で役割を自在に変えながら、私たちは今も家族をやっている。

使い込まれた"道具"に
めっぽう弱い。つい、惚れ直す。

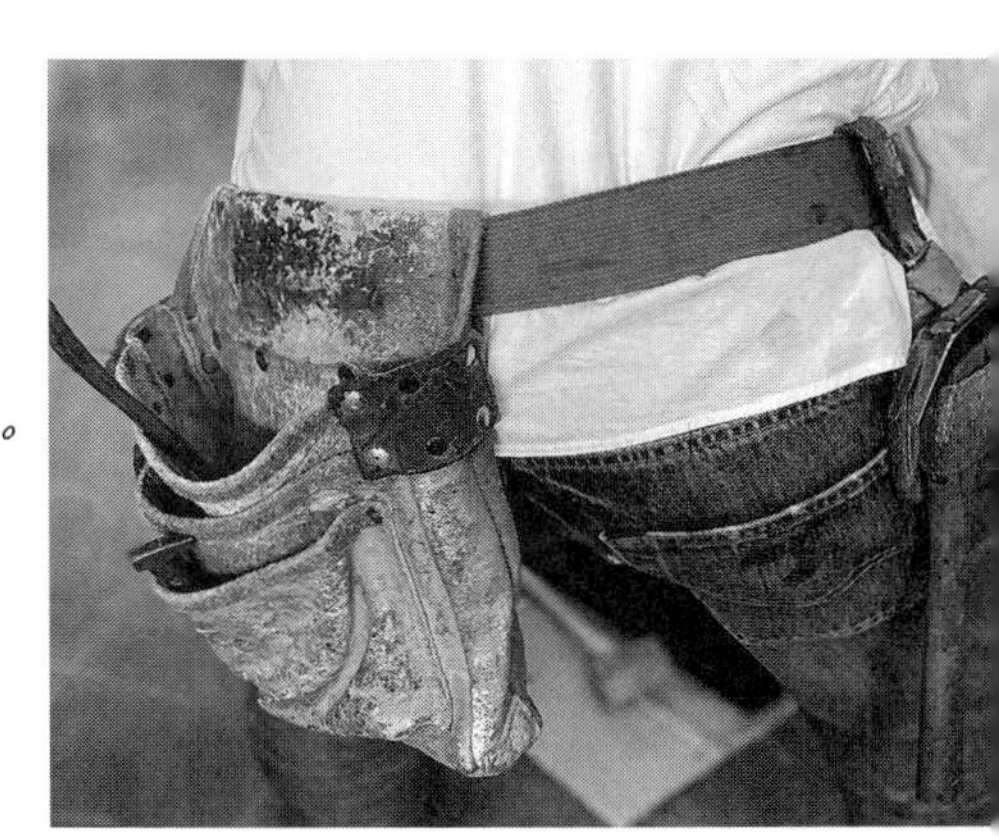

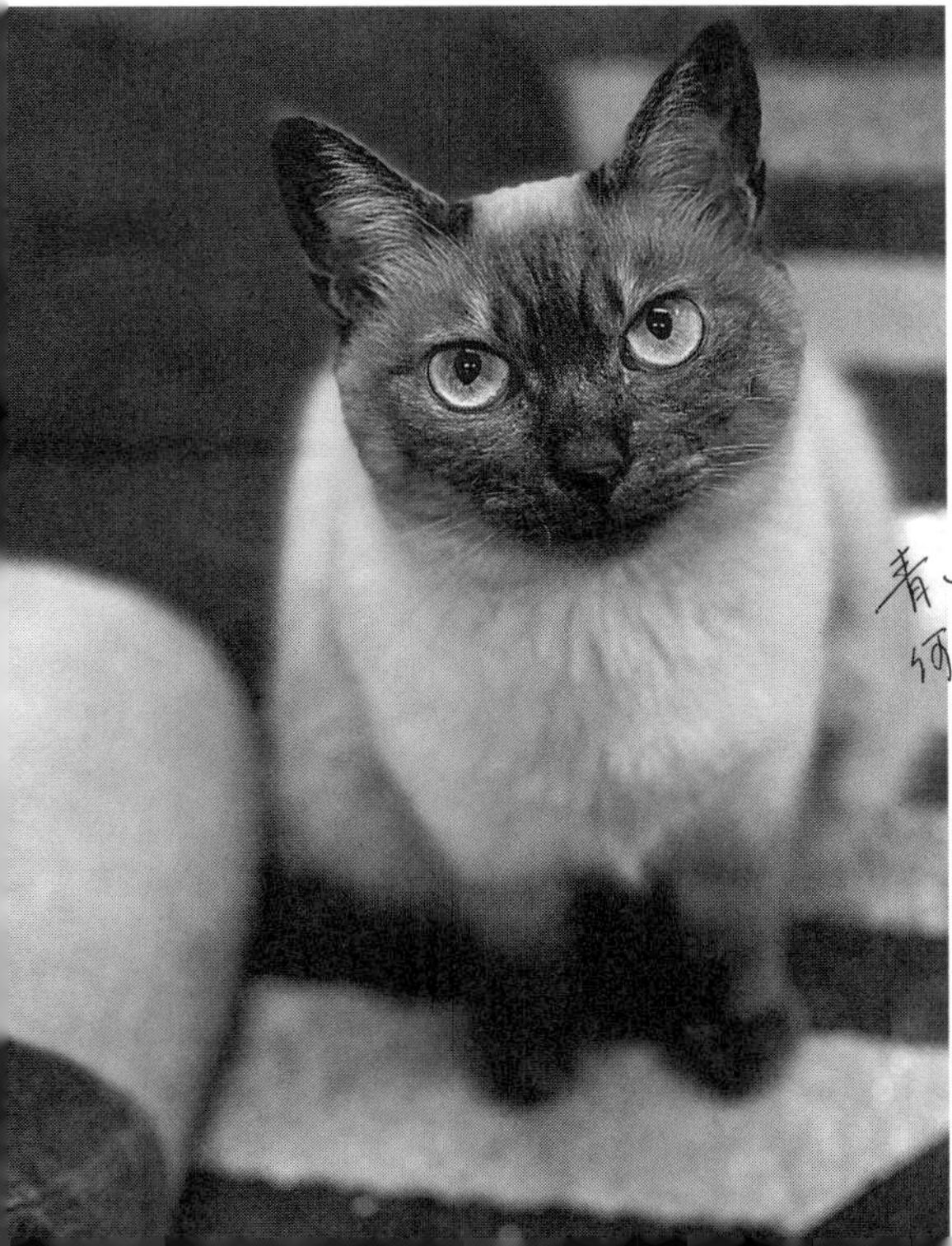

青い蒼い 瞳の宇宙。
何もかも全部 見てきたような。

アンティークの帯。
出合ったとたん、
清水の舞台からジャンプ決定。

今日は鳥さんたち
遊びにこにゃい…

皐月
May
ごめんなさい。
あのとき私は嘘とつきました。

皐月

五月病と、ある嘘の風景

五月病とはよく言ったものだ。昔からこの季節になると、心と身体が本調子でないのを感じてぐったりしてしまう。

外はいい天気なのに気分がどよどよと重くてため息ばかり出る、とか、仕事は溜まっているのに身が入らず、かといって趣味に勤しむ気力もなくてぼんやりする時間が長くなる、とか……毎年、顕れ方が違うのがまた面倒くさい。目をつぶればいくらでも眠れるのをいいことに、猫を抱えてまどろんでばかりいる。

背の君と、つまらないことで言い争いをするのもたいていこの時季だ。つまらないことである、と頭ではわかっているのに、感情の波立ちに言葉が追いつかず、唸り声とともに涙ばかり噴き出して後からまぶたがもっこり腫れ、そういう自分があほくさくていっそどこかへ消えてしまいたいような気分にもなる。

ストレス解消にとついついネット・オークションを眺めては、中古の紬だの、アンティークの刺繍帯だの、帯締めをしまうのによさそうな引き出しの浅い小簞笥だのを、安いのをいいことにポチポチと落札してしまい、しかしオークションというのはふつうのネットショップと違って出品者との間にいちいち取引上のやり取りが必要だったりするわけで、そんなことは最初からわかって競り落としたくせに途中で何もかもがしんどくなったり、届いた品物をいざ広げてみたらどうしてこんなものが欲しかったんだかわからなくなったり……。

一旦バランスを崩した情緒を、自力で立て直して安定させるのは至難の業だ。どこから手をつけていいやらわからず、やるせない気分に陥ってますます浮上できなくなってしまう。

じつのところ〈五月病〉というのは正式な病名ではなくて、お医者へ行けば〈軽度の鬱〉とか〈適応障害〉といった診断が下されるらしい。鬱は心の風邪だというけれど、その普通の風邪をこじらせて命にかかわることもあるのだから、五月病もあんまり軽視しないほうがいいかもしれない。

私が初めてそれらしきものを経験したのはわりと早くて、小学五年生の時のあれがたぶんそうだったように思う。

クラス替えがあり、仲の良かった友だち数人と離ればなれになり、担任の先生もかわってしまった。一、二年生の時に受け持ってくれた女の先生だから馴染(なじ)みはあったし、朗らかで気さくな人柄だったけれど、どちらかというと長所をほめるよりは短所をとがめるタイプの人で、当時からグズだった私はその先生の前へ出るといつも畏縮して物が言えなくなった。

忘れられない出来事がある。

新しいクラスでの授業が始まり、図工の時間に空の絵を描いて、その筆をビニール容器の中でしゃぶしゃぶとすすいだら、水がそれはそれは美しい藍色に染まった。窓越しの陽にかざしてみると、両手の中に透きとおった小さな海が出現したかのようで、こんなにも綺麗なものを流しに捨ててしまうに忍びず、私はそれを容器ごと教室の自分のロッカーの棚にそうっと入れて、それから数日の間、時々休み時間に取り出しては眺めるなどしていた。

先生に呼ばれたのは、放課後の掃除の時間だった。

「どうしてこういうものをちゃんと捨てられないの？」

と、先生は険しい顔をして言った。

「だらしないところは、昔からちっとも直ってないのね」

モップや雑巾を洗っている他の子たちにまじって、宝物のようだった小さな海を流しに捨てながら、いっしょうけんめい涙をこらえた。ここで泣き出したりしたら、みんなが周りに寄ってくる。大ごとになるのは嫌だった。

もしも、と思ってみる。もしもあのとき先生が、「どうして捨てられないの？」ではなく、「どうして取っておいたの？」と訊いてくれたら、と。そうすれば、私は理由を説明できたのじゃないか。色水はいずれにせよ捨てなくてはならなかったろうけれども、あんなふうに惨めな思いはしなくて済んだだろう。

家へ帰ってからも、親には話せなかった。要するにそんなこんなが重なっての、幼い〈五月病〉だったわけだ。

とはいえ、クラスが別々になった友だちとも、下校時には一緒に帰れる。小・中・高・短大までが集まる学校はゆるやかな丘の上にあったので、電車通学をする多くの児童生徒は井の頭線の三鷹台駅へと続く通称〈坂下門〉へ。私たち少数組は、西荻窪駅行きの関東バスに乗るため、見事な藤棚の下をくぐって正門のほうから帰っていた。

五月半ばのその日、母はたまたま家を空けており、教頭先生からの電話を受けたのは当時大学生の次兄だった。

「じつは……お宅の由佳さんがですね」

「はい」

「先ほど、正門の前でですね」

「……はい」

「見知らぬ男性から無理やりに……」

「は、はい」

「子犬を押しつけられましてね」

「はあ？」

危うく教頭先生を怒鳴りつけそうになったよ、と後になって兄は言った。話の途中までは事故か誘拐かと気が気でなかったらしい。

子犬は生後一ヶ月くらいのチビすけで、柴犬の雑種だった。全身はほぼ真っ黒、鼻面と耳の先が茶色っぽく、四本の足先に白い靴下をはいていた。

すれ違いざま、思わず「うわあ、可愛い」と言った私に子犬を抱かせるなり急ぎ足で立ち去ったあの若い男は、拾いはしたものの飼えなくて困っていたのかもしれない。我が家にはすでに犬が二匹いたので連れ帰るわけにいかず、友人たちと正門から回れ右して戻り、先生がたに相談したというわけだった。

ちょうどそばを通りかかった警備員さんが、おとなしく私の腕に抱かれている子犬を覗きこみ、

「お、なんだそりゃ、クマか？」

と言った。

結局のところ、黒い子犬はその警備員さんが面倒を見てくれることになった。子ども好きで私たちともよく話すその人は、許可を得て小学校の外階段の下にしっかりとした金網を張りめぐらせ、中に立派な小屋を入れて、子犬の居場所を作った。

名前は、牝だったけれどもかまわず〈クマ〉――名付け親は私だった。チビ犬一匹であっても、とくに夜間の見回りの際などは連れて歩くことでずいぶん心強かったんじゃないだろうか。私は私で、学校へ行けばクマに会える、休み時間には撫でてやれる、そう思うことでいつのまにか例の五月病から立ち直っていた。

学校じゅうのみんなに可愛がられながらすくすくと成長したクマは、雑種とは思えないくらい尻尾のきりりと巻いた素敵な犬になり、けれど翌年、自分よりもかなり色の薄い子犬を一匹だけ産み落としたかと思うと間もなく不慮の交通事故で逝ってしまった。子犬に呼ばれて急いで道路を渡ったためだと聞いて、みんな泣きながら悼み、花壇の隅のお墓に花やお菓子を供えた。

やがて小学校を卒業した私たちが続いて中学や高校に通う間じゅう、後を引き継いだ〈二代目クマ〉は毎日毎晩、警備員さんとともに同じ敷地内をパトロールしてくれたのだった。いつもごきげんで、母譲りの尻尾がきりきりと巻いていた。

今となっては長らく猫としか暮らしていないけれど、あの当時から私は、犬も猫も同じくらい大好きだった。

我が家で飼っていた犬はどちらも雑種で、やはり柴系の〈与太郎〉と、スピッツ系の〈ルル〉。

与太郎は、兄と私が公園へ遊びに行った帰り道、ドブ板の下でほわあ、ほわあと鳴いていたのを拾い、哺乳瓶で育てた犬だった。ヨチヨチというよりはヨタヨタ歩くのを見て、兄がふざけてそんな名前を付けた。生涯一度として人に吠えることがなく、番犬には不向きだったものの、無類の甘えん坊でほんとうに愛らしかった。庭の桜の下で迎えた最期も、兄の袖の端っこをくわえて眠るように逝った。

ルルのほうは、親戚の家で生まれたのをもらってきたのだった。母犬が〈リリー〉

だったので、すでにルルと名付けられていた。どうしてルルーでなかったのかはわからない。彼女はいつのまにか妊娠し、六匹の子犬を産み落とし、しかしある日私が学校から帰ってきたら六匹全員が消えていた。

そういう時代、だったのだ。多くの犬猫が避妊や去勢手術などしておらず、時々どこかの犬猫の子を孕んだり、どこかの犬猫を孕ませたり、そして生まれ落ちた子犬や子猫らはその家で飼えないとなるとどこか見えないところへやられた。

少なくとも動物愛護の観点からすれば、充分とは言えないまでも、今のほうがいくらかは良い時代になったと言えるのかもしれない。

これまで関わり合ったいのちを思い返すと、別れの多くは三月か四月に、出会いのほうは五月に集中している。春の風に吹かれれば自動的に切なくなり、緑が濃くなり始めるとあれもこれも懐かしく感じられるのはそのせいだ。

父との突然の別れが、四月の初め。愛猫〈もみじ〉を看取ったのが翌年の三月下旬。私と背の君の結婚記念日となったのは彼女の誕生日でもあった五月二十六日で、さらに翌年の四月には母を見送った。

そしてその葬儀に前後して、すでに身重だった〈絹糸(きぬいと)〉を見つけて連れ帰り、難産の末に二匹の子猫が夜をまたいで生まれてきたのが、元号が令和に改まった五月一日と二日のことだった。

さらに鴨川(かもがわ)時代にまで遡れば、猫嫌いだった旦那さん一号と暮らしていたログハウスにとつぜん二匹の子猫が迷い込んできたのも、やはりこの季節だった。

そのあたりの顚末(てんまつ)は、これまで『晴れ　ときどき猫背』に始まる一連のエッセイに何度か書いてきた。黒っぽいキジトラの〈ダイちゃん〉と〈ショーちゃん〉のうち一匹が亡くなり、残った片割れが〈こばん〉と名付けられて、ムラヤマ家歴代猫の始祖となったわけだ。

でも——ここで思いきって、二十年来ひた隠しにしてきた真実を打ち明けることを許して頂けるだろうか。

当時は、私の原稿に逐一目を通していた旦那さん一号の手前ほんとうのことが書けず、以来わざわざそこだけ改めることもできないまま今に至ってしまったのだけれど、あの時の子猫たち、ダイちゃんとショーちゃんは、じつはどこからか迷い込んできたわけではなかった。私が自分で車に乗せて連れてきたのだった。

千倉（ちくら）の実家で飼っていた〈ユズ〉という猫が産み落とした二匹。まだ頭も身体もピンシャンしていた母が、ある日とつぜん電話をかけてきて、

「あんたンとこで飼われへんねやったら、保健所へ電話して取りに来てもらうわ」

あまりにも簡単に言うので慌てて黒い幌（ほろ）のジープを駆って迎えに行き、とりあえずログハウスの床下に住まわせて内緒でカリカリを与えた、というのが事の真相だ。

あれが最善の策だったとは今も思っていない。一匹は結局死なせることになってしまったじゃないか、という後悔は、いまだに硬い石のように凝（こご）って私の中に沈んでいる。

それでも、残った片割れのこばんがきっかけで、旦那さん一号が長年の猫嫌いを返上することになり、やがて〈真珠（しんじゅ）〉が生まれ、その真珠からもみじを含む四姉妹が生まれ……といった流れを思い返すと、あらためて、あの時二匹を連れてきたのが運命の分かれ道だったように感じられてならない。

さらに言うと――ここからはこじつけと思われるかもしれないけれど――今はもう住む者のいなくなった千倉の実家周辺の猫事情を考えてみるにつけ、あの時あのあたりを闊歩していたユズと、それから二十年経って同じ場所で出会った絹糸こと〈お絹〉とは、もしかしてもしかしたら、うんと遠くで血がつながっていないとも限らない。何しろ田舎の猫の世界は基本的に自由恋愛なのだもの、可能性がゼロとは言い切れない。ユズのひ孫として我が家に生まれてきたもみじと、もみじの死後一年経って我が家に連れてこられたお絹との間に、時を超えて同じ遺伝子が息づいているという奇跡だって絶対にあり得ないとは言えないんじゃないか……。

もちろん、そんなことを大真面目に信じているわけではない。というか、別にどちらだってかまわない。ただ、母の葬儀前後のお絹との出会いがあまりにも劇的だったものだから、ついつい想像してしまうだけの話だ。もしくは、遺伝子じゃなく魂レベルの生まれ変わりなのかもしれないなあ、などという具合にも。

ちなみに、ないとは思うものの万が一にもこの文章を旦那さん一号が読むようなことがあったなら、今からでも謝りたい。

——ごめんなさい。

——あのとき私は嘘(うそ)をつきました。

そのあと彼に対して重ねた幾つもの嘘に比べれば、罪のないものだったかもしれないけれど。

もみじと青磁のお骨や、
父、母、祖母たちの遺品などを
おさめた"祭壇"。
毎朝お水と、庭の花を供える。

きょうだいみたいな
母子三にん。
出られません。おんもは雪です。

与太郎と、上は二代目クマ。
今見るとちょっと似てる。

なつかしい小学校の藤棚。
満開になると教室にまで
甘い香りがただよってきたっけ。

水無月

June

雨のそぼ降る季節になると
なくしてしまったもののことを考える。
引き換えに、いま手の中にあるもののことも。

水無月

いつかなくしたもの

応募した作品『天使の卵』が「小説すばる新人賞」の最終候補に残っているとの連絡をもらったのは、一九九三年の初夏のことだった。最初の結婚をして三年目の二十八歳、近くの私立高校に勤める夫とともに南房総(みなみぼうそう)鴨川の小さな借家に住んでいた頃だ。

「一度会ってお話できないかしら」

電話をくれたベテラン女性編集者のSさんに言われ、私ひとりトヨタのタウンエースを運転して東京へ向かった。着ていた服まで記憶にある。白地に淡いブルーで百合の花が描かれたカシュクールの半袖カットソーと、紺のパンツ。緊張のあまり前の日はほとんど眠れなかった。

雨が降ってはまた晴れるといった不思議なお天気で、街路樹の緑がひときわ眩しかった。

途中、何度も道に迷って遅刻した。ナビなんかまだ影も形もない頃だ。大通りの路肩に車を寄せては首都圏の道路地図を広げ、公衆電話を見つけるたびにお詫びの連絡を入れた。やっとのことで、当時は御茶ノ水の「山の上ホテル」の裏手にあった出版社まで辿り着いた時には、約束の時間を二時間も過ぎていた。Sさんは苦笑まじりに私を出迎えると、歩いてすぐの路地裏の喫茶店へと誘ってくれた。

植木に囲まれたアンティークのガラスドアが美しかった。奥まった薄暗い席に落ち着き、時間も忘れて話し込んだ。

当時のSさんは五十歳になるかならないか、文芸に異動してくる前は女性誌『non-no』や『MORE』の創刊にも携わっていたというだけあって、おしゃれで華やかで進歩的で、いかにもやり手といった感じのひとだった。決して敵には回したくないけれども、味方に付いてくれれば誰より心強いタイプ。この世界の右も左もわからなかった私は、孵ったばかりの雛みたいにSさんに懐いた。

何度目に会った時だろう、新人賞の授賞式もまだだったと思う。Sさんがおもむろに言った。

「ねーえ、他に何か書きためていたものはないの?」

手もとにあるのは二本だけだった。ひとつは、「小説現代新人賞」の二次選考で落ちた、五十枚ほどの短編。もうひとつは、賞金一千万円の「横溝正史(よこみぞせいし)賞」に応募して三次選考の十六本に残ったものの最終候補にまでは至らなかった、四百枚ほどの長編。

余談になるけれど、何年も後にたまたまその賞の発表号を懐かしくひらいてみて、思わず声が出た。受賞作は姉小路祐(あねこうじゆう)氏の『動く不動産』だったが、十六人の中に、私の名前と並んで、あの〈黒川博行(くろかわひろゆき)〉氏と〈鈴木光司(すずきこうじ)〉氏の名前があったのだ。書く人は書くし、出てくる人は出てくるのだなあ、とつくづく思ったことだった。

ともあれ——Sさんは、五十枚の短編『BAD KIDS』を気に入ってくれたようだった。

「だけどこれは、短編じゃなくて長編の第一章だわね。すぐ続きを書いてちょうだい。とりあえずここまでは、受賞作発表号の次かその次に載せるから」

ぽかんとしている私に、彼女は言った。

「連載よ。それをまとめてすぐ次の本を出すの」

おまけにその足で同じ社内の女性誌のフロアへ行くと、創刊して間もなかったお料理雑誌『TANTO』の編集長に私を紹介して言った。

「ねーえ、このひとね、鴨川で畑をやってて絵も描くのよ。イラストと写真付きの田舎暮らしエッセイなんてどうかしら」

度肝を抜かれた。いったい何を言いだすのか。Sさんが目にしたのはせいぜい、私がお礼のハガキの隅っこに水彩色鉛筆で描いたブルーベリーか何かのイラストだけのはずだし、写真に至っては普通のスナップ以外まともに撮ったこともない。というかそもそもエッセイなんてもの、いったいどうすれば書けるのかわからない。ハッタリにも程がある。

それなのに、Sさんの人望、いや強引さのおかげでその連載まで決まってしまって、私は慌てて父から一眼レフを譲ってもらい、そこからリバーサルフィルム（いわゆるポジ）を使っての撮影を実地で学んでいったのだった。

『海風通信〜カモガワ開拓日記』の掲載号を今観（み）ると、連載初期の野菜や風景の写真がどれも暗くてお粗末なのはそのせいだ。今だったら簡単にできるデジタル画像処理など、当時は夢のまた夢だった。

同じ頃、これまたSさんの伝手でNHKのプロデューサーに会った。朝のニュース番組「おはよう日本」の中に旅のコーナーがあり、これまで旅人を務めていた歌人の林あまりさんがお辞めになるので代わりの人を探していると言われ、毎月一度、日曜日の朝に、「村山由佳の旅エッセー」と題した十分ほどのコーナーが始まることになった。

日本各地でのロケや生放送出演のために月のうち一週間ほどを費やしながら、『BAD KIDS』の二回目を書き、三回目を書き、いっぽうで「おいしいコーヒーのいれ方」シリーズの続きを書いた。

約半年後に『BAD KIDS』の連載が終わると、Sさんは言った。

「ねーえ、次はもっとスケールの大きな作品が読みたいわ。あなた、どこか行ってみたい国はないの？　費用は全部こちらで持つから取材に行ってきてちょうだいよ」

私はもう、驚かなかった。

思えば、いい時代だったのだ。バブルはとっくに弾け、若者の活字離れが深刻に取り沙汰され、出版業界は斜陽と言われてすでに久しかったけれども、今に比べればそれでもまだ元気があった。

子どもの頃から憧れ続けたケニアを舞台に、文芸三作目となる『野生の風』を連載し、今度はオーストラリアへ取材に行って『青のフェルマータ』を書き下ろし、初めてのエッセイ本『海風通信〜カモガワ開拓日記』を上梓し、旅のロケから得た経験をもとに『きみのためにできること』を連載し、やがてもうひとつの憧れの地アリゾナを旅して、それまでのいちばん長い小説『翼』を書き下ろした。どうにか物書きとして生きてゆくことができるようだと初めて実感できたのは、デビューから五年が過ぎたあたりだった。ずっと肩に入っていた力が少し抜け、ようやく息が深く吸えるようになった。

Sさんのおかげ、以外の何ものでもなかった。毀誉褒貶も当然と思えるほど強引で、目的のためには手段を選ばない、付き合い方のなかなか難しいひとではあったものの、彼女が徹底的に味方についてくれなかったら、薄ぼんやりとして怠け癖のある私など絶対にこの世界で生き残ることはできなかった。

間違いなく、恩人だった。十年たって、二〇〇三年の夏に直木賞を頂くことができた時も、いちばん嬉しそうだったのは当時の夫とSさんだった。二人がにこにこと並んでいた姿を覚えている。

けれど、それからたったの二年後——私は夫とうまくいかなくなってしまった。

いちばんの原因は、創作の仕事をめぐる考え方のすれ違いだった。

言ってみれば〈せつなく爽やかな青春恋愛小説の書き手・村山由佳ブランド〉を一緒に切り盛りしている、という認識だった彼としては、人間のもっとどろどろとした部分や女性の官能にまで踏み込むような作品を書いてみたいという私の考えが、これまでの読者や自分への裏切りと映ったようだ。

激しい言葉で押さえつけようとする彼との間に、たくさんの押し問答があった。お恥ずかしい話だけれど、このとき親身に相談に乗ってくれた別の男性を好きになってしまったりもした。夜も眠れず、食べものが喉を通らず、肝腎の原稿も書けない。どうしよう、自分なんか小説を書かなかったらただの屑（くず）だというのに。

疲弊しきった私は、とりあえず夫と距離を置こうと、ある日の午後、ほとんど衝動的に鴨川の家を飛び出した。

幌のジープの黒いボンネットに、さらさらと細かい雨が降っていた。十二年前、初めてSさんと会うために東京へ向かったあの日と同じく、降ったかと思えば陽が射（さ）し、初夏の緑がばかみたいに眩しかった。

悲しくて、やりきれなくて、夫には腹が立つのに申し訳なくて、何よりこれから先のことが不安でたまらない。振り切るようにボン・ジョヴィのアルバムを選んでカーステレオに滑り込ませ、ナビの案内に従って首都高速に乗ると、やがて前方に、西陽を浴びて黄金の延べ棒の束みたいに輝く高層ビル群が見えてきた。

アクセルを踏みこみながら、

（ああ、自由だ……）

思ったとたん、ぶるぶるっ、と身体の奥底から武者震いが湧き起こった。

早くどこかに部屋を借り、腰を落ち着けたかった。勝手に飛び出してきた鴨川の家には、愛猫もみじが待っている。夫はもちろんちゃんと世話をしてくれているけれど、きっと寂しい思いをさせているに違いない。

それなのに私は、ひと月ほどの間、東京のウィークリーマンションあるいは山梨や北海道のホテルなどを転々としていた。準備している小説『天翔(あまかけ)る』の取材も兼ねて、エンデュランスという乗馬の長距離耐久競技に参戦するためだった。あといくつかの大会の成績次第で、この年の全日本選手権への出場権が得られるかどうかが決まる。ひとつも落とすわけにはいかなかった。

ちなみに、ここまでの事情はそのつど、担当編集者のSさんに全部打ち明けていた。

「もう、家を出るしか書けないところまできてるなら、思いきって飛び出してらっしゃい。あなたの旦那さんのことは好きだけど、私の使命は〈作家・村山由佳〉を守ることだから、今はそうとしか言えないわ。大丈夫、私が味方になるから。力になれることがあったら何でも言ってね」

その言葉に、どんなに勇気づけられたかわからない。

六月も終わる頃、ようやく住みたい部屋を見つけた。芝浦運河のほとりにたつ、もと倉庫をリノベーションしたＳＯＨＯ可・ペット可の物件だった。

不動産会社の担当者にぜひ借りたいと伝え、手続きを進めてゆくと、私が物書きとわかった時点で、賃貸契約書に保証人が必要だと言われた。まあ確かに作家なんて、来月の収入さえわからない不安定な職業ではある。今どきは会社員だってそう変わらないんじゃないのかとは思ったけれど、表立って文句も言えない。

あくまで書類上のことですから、と物件担当者は言い、私は迷った末、Ｓさんに電話をかけた。申し訳ないけれども賃貸物件の保証人になって頂けないだろうか――そう切りだしたところ、

「保証人っていうのは、連帯保証人ってことよね？」

Ｓさんは難色を示した。

「ちょっと待ってて。うちの編集部があなたを保証するという形がとれないかどうか、法務部あたりに確かめてみるから」

一時間後に折り返しかかってきた電話の答えは、ノーだった。手続き上、これまでにそうした前例がないので難しいという。

「一応、編集長にもあなたの事情を話して頼んでみたんだけどね。奥さまに電話して相談したら、反対されちゃったそうなのよ」

びっくりして、言葉が出なかった。編集長の顔は知っているが親しくはない。私の事情をいったいどこまで話したのだろう。奥さんに相談って、まさかそこまで大きな騒ぎになるとは思ってもいなかった。

「いえあの、そんなだいそれた話じゃないんです」

何か誤解があるのかなと思い、私は言った。

「売買物件のローンの保証人とかじゃなくて、あくまで賃貸なんですよ。家賃はもちろん払えますし、猫を飼うぶん敷金も余分に納めるし、万が一にも火事とかになったら保険が下りるので心配は……」

「あのね」

とSさんが遮った。声が変わっていた。

「連帯保証人っていうのは、そんなに簡単に考えていいものじゃないのよ。私、ひとの保証人にだけはならないって決めているの。ねえ、御両親とかじゃ駄目なのかしら？」

年金生活を送って久しい両親はともに八十歳近い。いくら書類上だけのことといってもOKは出まい。それに親にはまだ、夫とうまくいかなくなって鴨川を出てきたことさえ話していないのだ。先々どうなるかわからない現時点でよけいな心配はかけたくなかったし、それは兄に対しても同じだった。

「わかりました」と、私は言った。「甘い考えでこんなお願いをしてすみませんでした。誰か身内にでも頼んでみます」

「そうね、それがいちばんいいわ。力になれなくて悪いわね」

電話を切り、のろのろと目を上げた。

霧のような小糠雨（こぬかあめ）に、新宿西口の雑踏が濡（ぬ）れていた。スクランブル交差点を急ぎ足に渡る人々、車のクラクション、大型電器店の騒がしい音楽。その店でついさっき買ったばかりのノートパソコンをぶらさげて、私は、近くのホテルに戻るだけの気力もなくぼんやり立ち尽くしていた。自分一人が今、たとえばあの駅から適当な電車に乗ってどこかへ消えてしまっても、誰の人生にもたいした影響はないんだろうな、と思った。

後にも先にもあれほど心細かったことはない。足もとの地面が砂に変わり、波にさらわれてゆくような心地がした。

結局その時は、別の出版社で担当してくれている同世代の編集者が事情を聞くなり、

「なんで最初から私に相談してくれないんですか」

怒ったような顔で言うと、その場で社内の経理に連絡し、ものの十五分で自分の収入証明書を取り付けて私の前に「はい」と差し出した。

「これだけで済む話ですよ。味方になるっていうのはそういうことです」

鉄砲水みたいに涙が噴き出し、申し訳なさとありがたさに顔を覆って泣いた。そうして、涙が引っ込むとその足で物件担当者に会いに行き、賃貸契約書をかわして部屋の鍵をもらった。

もみじを迎えに行ったのはそれからすぐのことだ。

段ボール箱が山と積み上がった部屋の真ん中、唯一ぽっかり空いているベッドの上にキャリーバッグを置いて蓋を開けてやると、鴨川からの道中ひたすら大声で鳴きわめき続けていたもみじは、出てきてあたりの匂いを嗅ぐなり、もう何年もここで暮らしていたかのような顔で私の膝にちんまり丸くなった。

Sさんとはそれ以降も、彼女が定年退職をするまでふつうにお付き合いが続いた。先方はもちろんのこと、私の側にもネガティヴな感情はなかった。

こちらの勝手なお願いを受け容(い)れてもらえなかったからといって恨めしく思うのは間違っているし、〈ひとの保証人にだけはならないって決めている〉とはっきり口にできる生き方にはむしろ憧れを覚え、自分にもそれくらいの強さが欲しいと思うほどだった。

それでも――うんと正直に言うなら――あの雨降る新宿の街角を境にして、Ｓさんとの間にずっとあった何かが消えてしまったのは事実だった。もしかするとそのきっかけがあったからこそ私は、親鳥のようだった彼女から精神的に独り立ちすることができたのかもしれないけれど、いずれにしてもそれは、一度消えてしまうと二度とは戻らない類いのものだった。

雨のそぼ降る季節になると、なくしてしまったもののことを考える。

引き換えに、いま手の中にあるもののことも。

なくしてしまったからといって、なかったわけではないのだ。そう自分に言い聞かせながら、もみじと寄り添い合って暮らした芝浦運河の部屋を思い出す。

永遠なんて言葉、
おいそれとはつかえないけれど、
もみじは 永遠に
私の 唯一。

特定の信仰は持っていない。
なのに、いつかまた会えることだけは
疑いもなく信じてる。

文月

July

誕生日をいちいち
睨むように数えなくとも、
年は取るし、時は過ぎてゆく。

文月

誕生日の攻防

下の兄と十年も離れて長女の私が生まれた時、父は当初、〈奈津(なつ)〉と名付けようとしたらしい。

夏の盛りの七月に生まれたから、〈奈津〉。素敵な名前なのにどうしてそれにしなかったのかと尋ねたら、苗字(みょうじ)と合わせた時に画数がよろしくないと易者に言われたのであきらめた、との話だった。

それを聞いた時は内心、画数なんてどうでもいいから〈奈津〉がよかったなあと残念に思ったものの、もちろん父には言わなかった。名前は、親から子への最初の贈りものだ。四十を過ぎてようやく生まれてきた待望の女児を前に、父は父なりに願いをこめて、少しでも良い名前をと考えてくれたのだろう。その想いを無にしたくなかった。

かわりにと言っては何だが、物書きとしての大きな転換点となった連載小説『ダブル・ファンタジー』の主人公には、思いきって〈奈津〉を名乗ってもらった。これから書こうとしているすべてが、著者である私自身のことだと思われてもかまわない。秘かな覚悟のしるしだった。続編の『ミルク・アンド・ハニー』の終盤で、〈奈津〉はようやく心から愛することのできた男と抱き合いながら、布団からたちのぼる亡き父の懐かしい匂いを嗅ぐ。現実における父を悼みつつ、自分の分身までも慰めるような心境で書いたラストシーンだった。

父の付けてくれた〈由佳〉という名前の響きを、今は気に入っている。日々、連れ合いの背の君が私を呼ぶ時のニュアンス——確かな情に裏打ちされた遠慮のなさ——が、父や兄のそれと重なって心安らぐからかもしれない。

そう、自覚はある。母との間にいろいろあったぶん、私は筋金入りのファザコンでブラコンなのだ。母という災厄から護ってくれるのは、ふだん家には不在がちなその二人だけだったのだから、まあしょうがないな、くらいにお目こぼし頂けたらと思う。

親からの贈りものの話をしていたのだった。

正直なところ、誕生日のプレゼントにはあまりいい思い出がない。まったく贅沢な言い草なのだけれど、物心ついた頃から十代の後半に至るまで、私は（誕生日に限らず）母親から「欲しいもの」を買ってもらった例しがほとんどなかった。

何も買ってもらえなかった、のとは違う。とくに本に関しては浴びるほど与えてもらったし、母の選ぶ目は確かだったので、その点はほんとうに恵まれていた。子どもの頃からの豊かな読書体験が後々の私を導いてくれたのは間違いなくて、たとえどんなに道を踏み誤った時でも、そういう自分自身を客観視でき、身に起こる多くのことを言語化し処理できたのは、やはりそれまでに読んできた本のおかげであり、要するに母のおかげだった。

ただ、本に限らず何を買い与える場合でも、母の中に〈娘の好きそうなものを〉という判断基準はなかったようだ。文房具や服、部屋のカーテンに至るまで、彼女は当の私には一切訊かず、自分がいいと思ったものを買ってきては「どや、ええやろ」と得意げに答えを求め、そして私はどんなに好みと違っていても「うん、ありがとう！」と大げさに喜んでみせる、そこまでがワンセットだった。

どこの家でもそういうものかと思っていた。

何しろ幼稚園の頃から母の教育方針は一貫していたのだ。

買い物に行った先のお菓子やおもちゃの売り場で、よその子がひっくり返って泣き、困った親が仕方なく子の言うことを聞いたりしているのを見ると、母はいかにも軽蔑しきった様子で私に言った。

「あれ見てみ、みっともない。教育がなってないワ。お母ちゃんはな、あんなこと許さへんで。あんたが欲しい言(ゆ)うて駄々こねたり、物欲しそうに指くわえて見てたりするもんは、絶対にその場では買(こ)うたげへんからな、覚えときや」

欲しい言(ゆ)うたら買わへんで、が母の口癖だった。

当時の私に、〈その場では〉買わない、という微妙なニュアンスは伝わらなかった。

いったいどうしろと言うのだ、と幼心に思った。アピールしなければ、何が欲しいかわかってもらえない。でも、アピールしたが最後、絶対に買ってもらえない。

要するに、欲しがるなということだな、というのが理解の限界だった。

とはいえ母も鬼ではないので、ごくたまにだが子の喜ぶものを黙って買い与えてくれることもあった。

五歳の誕生日にもらったミルク飲み人形は、爆発的に嬉しかった。深紅のドレスに落ちかかる長い金髪が眩しくて、横たえればまぶたを閉じ、縦に抱けばぱっちりと目を開ける。自分より下のきょうだいが欲しくてたまらなかった私は、朝から晩まで何くれとなく世話を焼いた。猫のチコが弟で、人形は妹だった。

その年の暮れのことだ。同じ幼稚園に通う女の子の家が火事になり、何もかも焼けてしまった。

「かわいそや思うやろ?」と母は言った。「クリスマスを前に、ぜーんぶなくなってしもてんで。明日お母ちゃんは服やらお皿を持って行くから、あんたも何かあの子にあげなさい」

私は部屋の隅から、セルロイドの巨大なキューピーさんを持ってきた。前に母が何を思ってか突然買ってきたもので、いつでも見ひらいている目やバンザイしている両腕が不気味だった。

　私がそれを迷いもなく差しだすのを見ると、母は難しい顔で首を横にふった。

「あのな、由佳。他人様にものをあげる時は、自分の要らんようになったもんとか、惜しくもないもんをあげるのでは何の意味もないねんで。恵んだげるのとはちゃうねんから、自分のいちばん大事なもんをあげるくらいでないとあかん」

　たいせつなことを言われているのだとわかって、私は神妙に頷いた。

　と、母の目がスッと椅子のほうへ動いて、私がそれこそいちばん大事に座らせていたミルク飲み人形の上で止まった。心臓が凍るかと思った。

　めそめそとすすり泣くことで必死の抵抗を示す娘を、母は、ただ無言で見つめていた。強く言われるよりも怖ろしかった。早く、ちゃんと正しい判断をしてみせなければならない。その視線が失望へと変わってしまう前に……。

　やがて私が、椅子からのろのろと〈妹〉を抱き上げ、さらにのろのろと差しだすと、母は破顔一笑して受け取り、かわりに私の頭を思いっきり撫でた。

「えらい、えらいでぇ。さすがはお母ちゃんの子や。ほんまえらいわ、褒めたげる！」

母の手にある人形がひどく遠かった。さっき凍りついた心臓が粉々に砕けてしまいそうな思いで泣きじゃくりながら、それでもやっぱり、褒められれば誇らしかった。

一部始終を見ていた下の兄は、十五歳なりに何か思うところがあったらしい。数日後のクリスマスの朝、目覚めると、枕もとに小さなクマのぬいぐるみが置いてあった。

🎁

今でも変わらない私の基本的な性質――すなわち「ひとに過剰な期待をしない」「モノを愛(め)でても執着はしない」という淡泊さは、考えてみれば母親のそうした（いささか極端な）教育による副産物なのだろうと思う。

何しろ母はいっぺん怒ると手がつけられない人だったので、娘の私は自衛手段として〈よい子〉にならざるを得なかった。そうして、母だけでなく誰に対しても自分の本当の望みを伝えることのできないコドモのまま、身体ばかり大人になっていった。

中学に上がり、お弁当持参になった時、母は面倒がるどころか腕まくりをせんばかりに張りきってくれた。全校生徒を見渡しても、まるでおせち料理のようなお煮しめや酢の物やだし巻き卵を、毎日、それも漆塗りの二段重や曲げわっぱに詰めて持ってくる子はいなかったと思う。

おかずをひょいとつまみ食いした友だちが褒めちぎるくらい、母の料理は文句なしに美味しかったものの、お重や曲げわっぱは、ほんのちょっと傾けるだけで煮汁が漏れた。満員の朝のバスで揉みくちゃにされている時、下の方からぷーんと甘辛い醤油の匂いが立ちのぼってくるのは恥ずかしく、革の学生鞄に茶色いシミができると拭き取るのに難儀した。

ある夏の日、たまたま立ち寄った雑貨屋で、ちょうど流行り始めていたピーターラビットの弁当箱を見つけた。お母さんウサギに青い上着のボタンを留めてもらう姿の可愛らしさはもちろんのこと、何より蓋がかっちり閉まる。逆さにしたって汁は漏れない。

　ひと月ぶんのお小遣いでは足りなかったし、勝手にそんなものを買ったら母がへそを曲げるから、なんとかうまく話題をふって、「何なら今度の誕生日はそれで」というところまで持っていけたら……。望みをつなぎつつ、おずおず切りだしてみた。

「あのね、ピーターラビットって知ってる？」

「ああ、あれ可愛(かい)らしなあ。お母ちゃんも好っきゃで」

　よし、と心で拳を握った。

「吉祥寺(きちじょうじ)のお店にね、あれのお弁当箱があってね」

「どうせプラスチックやろ？　お母ちゃんプラスチックは好かん」

　以上、終わり。

　それから間もなくのことだ。母が、ぽってりと厚みのある陶器のマグカップを買ってきた。なんと、ピーターラビットの絵柄がついている。

「どや、ええやろ」

嬉しくて、うわあ、と声をあげたら、すかさず言われた。

「やれへんで」

――やれへんで。

それもまた、母の口癖だった。

「欲しいなんて言ってないじゃない」

抗議したものの物欲しさがダダ漏れだったのだと思う。そんな私を見て、母は薄い唇をニヤリと歪めると、ことさら大事そうな手つきでマグカップを戸棚の奥にしまった。うだるような暑さと、いつまでも明けない梅雨の湿気が、部屋だけでなく戸棚の奥にまでじっとりと充満していた。


南房総千倉の実家の壁には今も、二〇一七年の日めくりカレンダーが、父の倒れた日のままで残っている。

記憶にある限りの昔から、我が家ではそれと同じカレンダーを毎年買い換えて使っていた。年の初めにはそこに家族や親戚、友人知人の誕生日が太字のマジックインキで書き込まれ、一枚ずつめくっていくうちにその日がめぐってくると、母が朝から黒い受話器を取って「おめでとうさん」と電話をかけるのだった。

そういう人だったから、自分の誕生日にも強いこだわりがあった。家族が朝一番におめでとうを言うのをうっかり忘れたりしようものなら、一日じゅう不機嫌になった。

ある年のXデー、父は何も言わずに会社へ出かけていったらしい。後から起きていった学生の私は、メデューサみたいに険しい母の顔を見たとたん、あらかたの事情を察した。

「どうせまた忘れたはんねんわ。見ててみ、帰ってきても何にも言いはらへんから。そのまま晩ごはん食べて、お風呂に入って寝ようとしはったら、そこで初めて『今日、うち誕生日やってんけど』て言うたろ」

おそらくは本当に忘れているであろう父が、今夜寝る前に修羅場を迎えることだけは阻止してあげたくて、私は三限目の授業に合わせて玄関を出ると、マンションの下の公衆電話ボックスから会社に電話をかけた。

用件を告げると父は、「あ、しもた」と間の抜けた声をあげた。

「おとといくらいまでは絶対忘れたらアカン思てたのに、スコンと抜けとった。すまんな、うん」

帰りに何か探して買っていく、と言う父と、互いに苦笑し合い、電話を切る。ボックスの折れ戸を押して出て、ふと目を上げた。

六階の我が家のベランダから、母が真顔でこちらを見おろしていた。脳裏に火曜サスペンス劇場のあれが、チャラ〜ッ♪と流れた。凍り付いている私を怖ろしい形相で睨みつけると、母は踵を返して中に消えた。

あの晩、父が何を買って帰ってきたのか覚えていない。とにかく母は、けんもほろろだった。

「どうせ、由佳がご注進に及ぶまでは忘れててんやろ。ひとをばかにして、そんなんで何もろても嬉しないわ。はいはい、おおきに」

大人になってから改めて思い返すと、母の教えてくれたあれこれの中で、しみじみ納得できることはたくさんある。

小学三年生だったか、ふだんからとても仲のいい友だちとそれほど親しくない友だちから同じ日にお誕生日会の招待を受けた時、母は言った。

「あんたがどっちの会に行きたいかは、お母ちゃん知ってるで。せやけど片っぽを断って、もう片っぽへ行ったことが後でわかったら、断られた子はきっと悲しい想いするやろ？　残念やろけど、両方とも断りなさい。その日は家でどうしても用事があるから、て言うといたらええ。そういう嘘は悪い嘘やないねんで」

たとえばそんなふうな物事の考え方は、仕事人間で不在がちだった父よりもやはり母から伝授され、私の背骨になっていったものだ。

だからこそ、つくづく不思議でならない。他人に対しては惜しみなく発揮できる優しさや気遣いや知恵を、いったいなんだってあの人は、家族には示すことができなかったのだろう。たとえ夫がうっかり誕生日を忘れてしまったとしたって、何も悪気があったわけではないのだから、ものには言いようがあるだろうと思うのだ。

〈さては由佳が知らせたんやな。ほんまにもう、大事な嫁はんの誕生日くらい忘れ

んといてや。こんなんもろたら、そら嬉しいけど。二人ともおおきに〉

もしもそのように言える人であったなら……というか、そもそも物事をそんなふうに捉えられる人であったなら、家族はあんなにびくびく顔色をうかがいながら暮らさなくて済んだろうし、本人だって楽だったろうにな、と思う。母は、父のことが好きで好きで大好きで、それなのに素直に甘えるのが極端に下手なひとだった。

そのぶきっちょさの陰で、もしかすると本人がいちばん焦れて苦しんでいたのかもしれない——母についてそんなふうに思えるようになってきたのは、ほんの最近のことだ。

誕生日をいちいち睨むように数えなくとも、年は取るし、時は過ぎてゆく。父が亡くなり、翌年に愛猫もみじが亡くなり、そしてさらに翌年に母が亡くなってから、いつの間にか三年以上が経っているのだった。

そういえば母の葬儀の後で実家の片付けをしていた時だ。もう長いこと使われていなかった離れの部屋、古い食器棚の奥に、あのピーターラビットのマグカップがしまわれているのを見つけた。

どんなに記憶の底を探ってみても、母が実際にそれで何かを飲んでいるところを見た覚えはない。欲しかったものでも買ったとたんに気が済んでしまうところは私にもあって、そうかこれは母譲りの悪癖なんだなと思うと苦笑が漏れた。

「さすがに『やれへんで』とはもう言わんよな……」

何となく言い訳をしながら持ち帰ったそれは、でもやっぱり使われないまま、我が家の食器棚に鎮座ましましている。

もっと愛してほしかったとは思わない。
ただ、愛させてほしかったな、と思う。

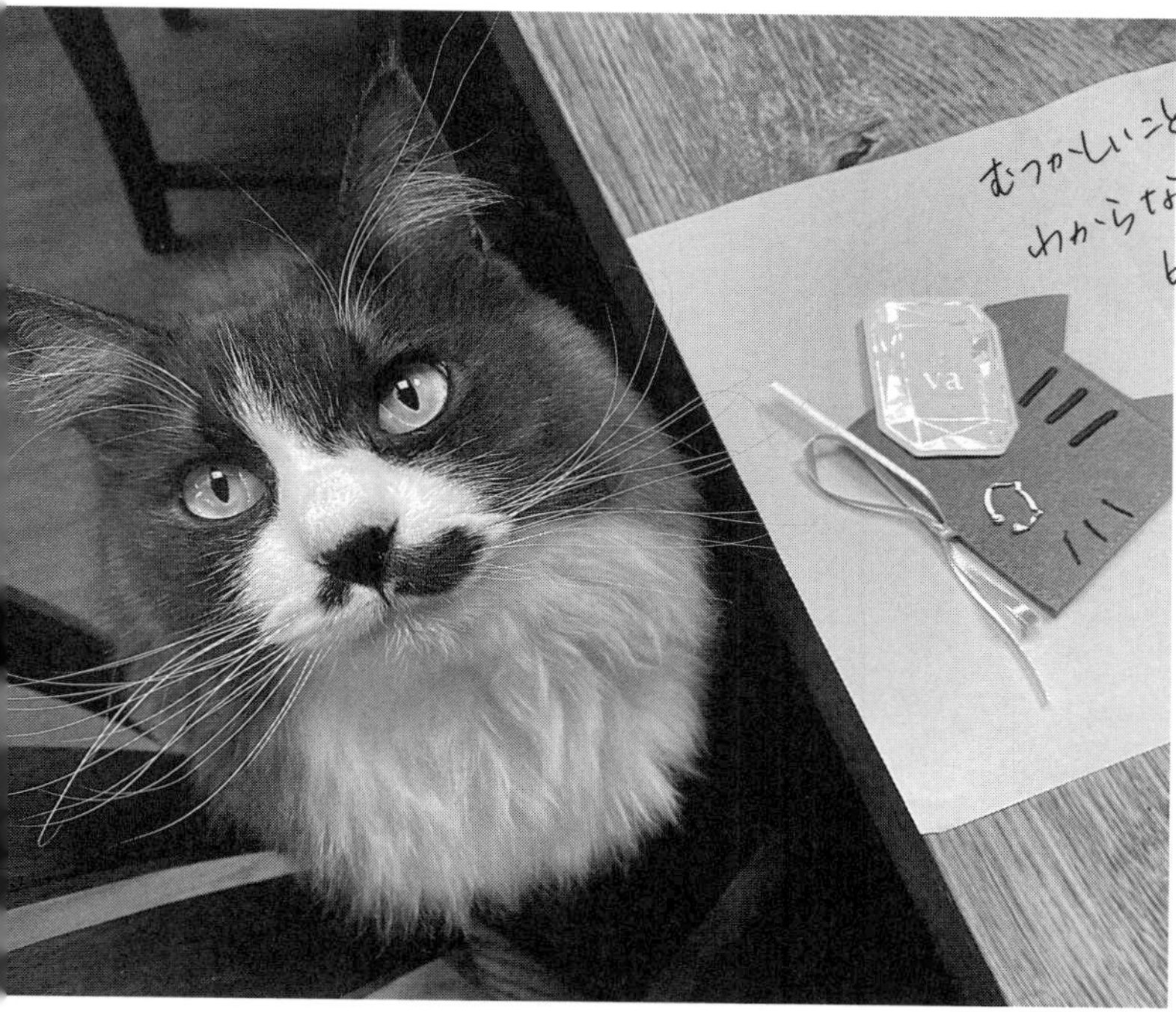

むつかしいことは
わからないでち。
byフツカ

バスルーム外のベランダ。
歯みがきを見守る楓ちゃん。

葉月

August

あの夏の朝に 小さな町を包んでいた
爽やかな風について 感想を共有できるのは、
とうに別離を選んだ相手ただ一人なのだ。

葉月

スイカの皮と、いつかの旅

ふだん連れ合いに呼びかける時、どのように呼んでいるだろうか。下の名前だったり、あだ名だったり、あるいは学生時代からの付き合いであればいまだに互いの苗字で呼び合う夫婦もいるかもしれない。

私の場合、最初の夫は〈おにいちゃん〉だった。家族や親戚みんなからそう呼ばれている人だったので、なんだか自然とそうなった。

二番目の夫は、〈○○くん〉と苗字で呼んだ。九つ年下だったから知り合った当初の呼び方がそのまま定着したのだった。

今の夫のことは、エッセイなどには〈背の君〉と書くけれども、もちろんそんなふうには呼んでいない。本名は〈邦士(くにお)〉で、それをふだんどう呼んでいるかというと、〈にゅにお〉である(書いていてすでにかなり恥ずかしいが、このまま続けます)。元となったのは、本人がまだ舌も回らなかった幼い頃の逸話だ。駅のホームが見下ろせるレストランでせっかくお子様ランチを頼んだのに、当人は大好きな電車の発着を眺めるほうに夢中でなかなか食べようとしない。そこで母親は、息子がこちらを見ていない隙に手をのばしては、可愛いおかずをヒョイッ、ヒョイッとつまみ食いしていたのだが、何度目かのヒョイッで見つかった。

とたんに彼は、目を三角にして叫んだそうだ。

「にゅにおちゃんのン、なちゅなるよッ！」

他のお客さんの手前、ほんとうに恥ずかしかった……叔母はいまだにしみじみと言う。そのひとが、今や私の義母というわけである。

いっぽう、前にもちょっと書いたとおり、彼のほうは私のことをそのまんま名前で呼ぶ。それこそ〈にゅにおちゃん〉だった幼い時分から、たまに会うイトコは〈ゆかねえちゃん〉だったわけで、いまだにほとんど変わり映えがしない。

東京と大阪、当時から頻繁に行き来していたわけではなかった。夏休み、母に連れられて遊びに行ってはしばらく滞在するといった程度で、それすらも私が中学にもなるとほとんど途絶えてしまっていたし、五つ下のイトコとも四半世紀ばかり会っていなかった。

それなのに、いざ再会し、あれよあれよのなりゆきで一緒に暮らし始めてみると、お互いの古い記憶があまりにも多く重なっていることにびっくりした。

夏の夕立がひどく降るたび洪水のようになる、祖母の家の前庭。その時だけどこからともなく現れては、庭石の上で休む巨大な亀。

お線香の匂いの仏間から、裏庭の渡り廊下を通ってゆく暗いお便所。出たところに吊(つる)してあって、小さな棒状の金具をてのひらで押し上げるとチョロチョロ水が出る手洗い器。

それから、申年(さるどし)生まれの叔父が集めていた猿グッズの数々。〈見ざる聞かざる言わざる〉の三猿はもちろん、床の間にぶらさがる釣り灯籠の鎖までも猿が手を繋ぐかたちをしていたこと。

仏間の隣は祖母の部屋で、子ども心に当時まだめずらしかったベッドに憧れたこと。すぐ外は隣の家の材木置き場で、ある夏は可愛い子猫がたくさん生まれたこと。その家では鶏も飼っていて、回覧板などを持っていくと怒った雄鶏(おんどり)に飛びかかられ

たこと。その雄鶏には私も彼も一度ずつ背中を蹴られていて、

「あれな、こないだおふくろに聞いたら、軍鶏（シャモ）やってんて」

と背の君が言えば、

「はー、そら凶暴なはずやわ」

と私が答える。

そういう会話が日常の一部になっている。


懐かしい夏の思い出にはまた、祖母の教えてくれた味も含まれている。中でも〈スイカの皮の浅漬け〉と〈はったい粉のお茶漬け〉は、我々にとってはソウルフードであり、すでにレジェンドだ。

食べ終えたスイカの皮から、赤い果肉の残りをこそげ取り、縞模様（しまもよう）の硬い皮を剝（む）いて、厚さ一センチばかりの浅緑色のそれに軽く塩をふり、重石（おもし）をし、水が上がるまで漬けておく。それだけで、ちょっとたまらない美味しさの一品になる。爽やかな中にもほのかな甘みが感じられ、しゃくしゃくとした歯触りが口の中で涼しい。

〈はったい粉〉のほうは、もしや方言だろうか。関東のスーパーでは、〈麦こがし〉とか〈麦こうせん〉の名前で売られていることが多いかもしれない。

砂糖を加えて練る、などという裏の説明は無視して、我々夫婦はこれをご飯にかけ、塩をふり、熱いお番茶かあるいは冷たい麦茶をかけてさらさらとかっ込む。粉を吸い込んで噎せないようにさえ気をつければ、香ばしくてしょっぱくて、食の進まない真夏でもこれだけは別、のメニューとなる。

でもどちらも、以前の結婚相手に勧めたときはなぜか賛同を得られなかった。スイカの皮は「貧乏くさい」、はったい粉のほうは「美味しさがわからない」と言われた。無理強いするつもりはないけれど、祖母との思い出まで貶された気がしてせつなかった。

同じものを食べて、心から美味しいと喜び合えるかどうかは、もしかすると結婚生活のいちばんの肝かもしれない。

食料品の買い出しというと必ず一緒に来てくれる背の君と二人して目を凝らしては、できるだけ皮の分厚そうなスイカを選んで買って帰る。

彼との日々のやり取りをたとえばＳＮＳなどで呟くと、コメント欄には「ごちそうさまです」との感想が並んだりする。おのろけのつもりで書いているわけではないのだけれど、傍目には、ともすれば胸ヤケするほど仲睦まじい夫婦にも見えるらしい。

否定はしない。うちが仲良しじゃなかったらどこの誰が仲良しなんだ？　という程度には仲良しである。小さな行き違いからすべてにむかっ腹が立って一日じゅう目を合わせないことだってあるし、時にはお互いにぶち切れてクッションか何かが部屋を対角線状に横切ったりもするけれども、基本的にはどちらもスキンシップ過剰で、一緒にテレビを観ている時や別々の本を読んでいる間ですら、真ん中に猫をはさんで足先くらいはなんとなく触れあっている。

互いのルーツが重なっていることが、こんなに安心できるものとは知らなかった。とはいえルーツが一緒なだけで全部うまくいくものなら、あの母とだって仲良くやれたはずなので、結局は、相性と思いやりなのかなと思う。
相性は意思では何ともできないけれども、思いやりのほうは何とかなる。思いやりとはつまり、想像力のことだからだ。

作家を生業（なりわい）にして、そろそろ三十年が過ぎようとしている。最近まで私は、私生活が幸福であることは小説家にとっての不幸だと思っていた。社会的に後ろ指をさされる人間であればあるほど、書くものはどんどん凄（すご）みを増すような気がしていた。

房総鴨川での農場生活を置いて飛び出したのも、一つにはそのせいだ。豊かな大自然の中にあって、人としてのあらゆる悩みがちっぽけに思えるような環境からは、読み手の価値観を根っこから揺さぶるような作品は生み出せないと思いつめていた。

それが間違いだったとは言わない。あの時はたぶん、ああするよりなかった。剃刀（かみそり）の刃の上を裸足（はだし）で踏んで渡るような日々があり、便器を抱えて血を吐くような恋がいくつかあって、その果てに今があるのは事実なのだ。

でも最近は、毎日が満ち足りていることを怖いと思わなくなった。この家での私や猫たちとの生活を、大切に思ってくれる相手がいる。自分ごととして、きちんと心と時間を割いてくれる人がいる。安心して背中を預けていられるからこそ、全力で執筆に向かうことができる。――そういう書き方もあるのだと知った。

毎日午前六時、目覚ましの音で起きて〈サスケ〉のうなじにインスリンの注射をし、錠剤と水薬を飲ませてから二階へ上がる。ベランダのドアを開け放つと同時に猫たちがわらわらわらと外へ出て、それぞれに喉もとをそらし、鼻とヒゲをひくひくさせながら夏の朝まだきの匂いを嗅ぐ。

魚たちに餌をやった後、私もベランダへ出て、猫たちに倣う。いくら軽井沢だって日中は三十度を超えることもあるのだけれど、早朝のうちはさすがにまだ涼しく、胸いっぱいに吸い込む空気は滝壺(たきつぼ)に佇(たたず)んでいるかのように水っぽく清々(すがすが)しい。

(あ、ウィリアムズだ)

と思う。

アメリカはアリゾナ州、ルート66の途上にある小さな町、Williams。百年前に作られた炭鉱駅を起点に、今でもグランドキャニオンへ向けてディーゼル機関車ががっしゅがっしゅと走っている。小説『翼』の取材、そして後には鴨川に農場の家を建てるための資材を本場で調達する旅の行き帰りと、合計三度にわたって訪れているので、時々夢に出てくるくらい慕わしく懐かしい町だ。

標高約二千メートル、緑と水が豊富なだけあって、朝夕の気候はうっとりするほど気持ちよかった。谷あいに長くながく響き渡るサンタフェ鉄道の汽笛に目を覚まし、泊まっている宿の窓を開け放つと、まばゆく輝く松林からオゾンとイオンがいちどきに流れ込んできてひたひたと身体を包んだ。

最初の夫とは海外のあちこちへ取材の旅に出かけたものだけれど、夏の朝のみずみずしさにおいてはあそこがどう考えてもいちばんで、鴨川の農場に暮らすようになってからも時折、顔を見合わせて言うようになった。

〈あ、ウィリアムズだ〉

――いま、軽井沢で同じような朝を迎えても、その感じはもう誰とも共有できない。幼い頃の愛しい記憶をたくさん共有している背の君との間でも、こんなふうだったよ、と説明することはできても肌感覚まで完全に分かち合うことはできない。

世界広しといえども、あの夏の朝に人口三千人の小さな町を包んでいたサイダーの泡みたいに爽やかな風について感想を共有できるのは、とうに別離を選んだ相手ただ一人なのだ。彼のほうも、最高に気持ちのいい夏の朝には、この世のどこかで〈あ、ウィリアムズだ〉と呟いているんじゃないかと思う。

たぶん、誰にも一つや二つは、そんなふうな小さいけれど特別な思い出があるんだろう。というか、そうしたごく個人的な記憶が幾層にも積み重なり絡み合って、その人を形づくっているんだろう。

私と最初の夫の記憶は、ある時期、密接に重なり合った。当時のエッセイやその後の小説にも形を変えて書いたとおり、彼によって苦しんだこともあったし、恨んだことも、拒んだことも、それに私が彼を傷つけたことも沢山あった。

けれど今、少なくとも私の側には、彼に対するネガティヴな感情はまったくと言っていいほど残っていない。むしろ感謝のほうがはるかに強い。積極的に会いたいわけではないにせよ、時々、元気にしてるかな、くらいのことは思う。元気でいて欲しいな、とも思う。

いつだったかそんな話題が出た時、当時をよく知る編集者がちょっと焦れたように、「んもう、ムラヤマさんは優し過ぎるから」と言った。

そうではないのだ。いや、かなり人当たりの柔らかい人間なのは自認しているけれども、そういうことではないのだ。

げんに二番目の夫についてはいまだに、思い出せば心穏やかではいられない。別れてから七年あまりの間、残された借金の返済のために許容量を超える連載を引き受けて、ずっとフルスロットルで働いて、全部ではないにせよどうにかいろいろの目処が立った今になってもなお、思い出すと腹の中は不穏に波立つ。彼が乗り回していたのと同じ車種や、よく読んでいた雑誌、通いつめていた美人ママのいるスナックの看板、などなどを見るだけで、ついみっともなく舌打ちが漏れる。そのたびに、ああ、全然許してないんだな私、と思う。

あの母親を反面教師にして育ち、自分の機嫌の浮き沈みを極端なほど押し隠すようになった私も、さすがに悟りを開くにはまだ早いらしい。恨みや怒りは自分を縛るから、できるだけそういう感情を捨てようと努めてはいるのだけれど。

毎夏、近くに住む同業の友人・馳星周(はせせいしゅう)が、大きな犬を連れて奥方ともども三ヶ月ばかり北海道へ行く。私なんかに何を頼んだってあてにならないことはバレているらしく、留守を預かる依頼は直接、背の君のところにくる。

頼まれているのは「時々家じゅうの窓を開けて風を通す」ことだけだったはずなのだが、もともとが職人気質(かたぎ)、見てしまったが最後ほうっておけないたちだから、晴れた午前中を選んで通うたび、門扉から玄関への三十メートルに及ぶアプローチの床タイルと壁にこびりついたコケを「マイ・ハンドポリッシャー」こと亀の子束子(たわし)一つで掃除したり、泥んこのワゴン車を見かねて下回りまで洗ったり、サッシのガラスを業者も顔負けの完璧さでぴかぴかに磨きあげたりなどしている。それも、犬の健康によくないだろうと洗剤の類いは使わずにだ。最近ではとうとう、草刈りまで頼まれるようになった。

夏の終わりに帰ってくると馳氏は、酔っぱらっていつもこう宣(のたま)う。

「ゆかっちさあ、なんで最初っからくにおにしなかったのよ。二人の結婚をこの世でいちばん寿いでるのはこの俺よ？」

「ンなこと言ったって、物事にはタイミングってもんがあってさあ」

答えながら私は、苦笑しつつも嬉しくて、夫婦二組で囲んでいるテーブルに漂う雰囲気を季節の匂いとともにしみじみと記憶する。

ちょうど今も、留守宅で側溝の落葉をさらっていた背の君が汗だくで帰ってきて、その足でバスルームへ直行したところだ。汗を流してさっぱりしたら、お昼はスイカの皮の浅漬けを細く切り、はったい粉のお茶漬けでさらさらと済ませようか。

来し方の数々の思い出が、今の私を形づくってくれた。過去の記憶が新たに増えることはもうない。それはせつなく寂しいことであると同時に、心落ち着くことでもある。

これから先、大事なひとたちとの間に新たな思い出を積み重ねてゆける幸福を思う。満ち足りているからこそ可能になる挑戦もきっとあるのだと、自分自身に言い聞かせてみる。

猫が落ちているところは
風の通り道。

大好きな 栄ばあちゃんと。
あの家は、背の君と私の聖域。

長月

September

長月

モノの縁（えにし）

残暑が去ってゆくと同時に、出版社から送られてくる女性誌の表紙がきっぱりと秋の装いに変わる。

柔らかなグレーやベージュ、こっくりとしたブラウン。カシミアやウールなどの質感は目にするとまだちょっと暑苦しくて、しかもこれを撮影していた頃はきっと夏の盛りだったのだろうと思うと、モデルや女優というのはやっぱりプロフェッショナルだと感心してしまう。

どの雑誌も、主張はだいたい似通っている。女性たるもの年齢を重ねるほどに、身にまとうあれこれに自分なりのこだわりを持つのが〈大人のおしゃれ〉というものであるらしい。

言わんとするところはわかるのだけれど、最近は正直、ちょっと面倒くさい。人生で何が苦手といって面倒くさいのがいちばん苦手な質（たち）なので、年々おしゃれから遠ざかるのはどうやら致し方ないことのようだ。

そう、最近とみに、身につけるものに頓着しなくなってきた。ふだん家にいる時はもとより、東京で人に会ったり取材を受けたりする時に着る服でさえ、昔ほどはこだわらない。素材は肌にチクチクしなければそれでいいし、締めつけが少なくて楽ちんならなおいい。欲を言えば、逞しい二の腕と、頼もしい肩幅と、ドスコイなお腹(なか)周りが目立たないに越したことはないのだけれども、そうした難点を覆い隠してくれる服というのは、値の張るブランドのメゾンなどよりもむしろ量販店や通販サイトに多い。極端な話、ユニクロとしまむらとフェリシモがあればだいたい生きていける。

靴だってそうだ。凶器のように尖(とが)ったヒールで街をがんがん闊歩していた時分はともかく、田舎へ引っ込んでからは運転と散歩に便利なぺったんこの靴しか履かなくなった。夏はサンダル、春秋はスニーカー、冬は防寒ブーツ、どれもＡＢＣマートで充分に事足りる。

あるいはまた、バッグ。一流ブランドの革製のかばんはもちろん美しいけれど、たいがい重い。重いものを肩にかければ首が凝るし、ぶらさげれば商売道具の手指に負担がかかるから、今やぺらぺらの大きな布製トート一つでどこへでも出かけるようになってしまった。買ったものをどんどん放り込めるのでエコバッグにももってこいだ。

そして装身具。かつてはアクセサリーやジュエリーが大好きだった。着ているものがたとえ白Tシャツとデニムでも、質の高いジュエリーと時計さえ身につけていれば安っぽい女にはならずに済む、そう思って吟味し、けっこういろいろと持っていた。特に腕時計は、私にとっては最愛のアイテムだった。

でも今は、ほとんど手もとに残っていない。

なぜって、あれもこれも売り払ったからだ。

二度目の夫と離婚をしたのが夏のさなかで、これでもう大丈夫、ようやくバケツの穴がふさがった、と安堵(あんど)したのもつかの間、秋口になって実際の負債額が判明した時のショックはちょっと忘れられない。借金はいつの間にやら、私の想像なんかはるかに超えてふくれあがっていた。

しかもその多くは、無担保で借りられるかわりに利子がべらぼうに高いローンだった。毎月毎月休みなく働いて必死に返しても、元金がまったく減っていかない。年に何度か税金がまとまって引き落とされる月などは青息吐息で、通帳をにらみながら付き合いのある各出版社に頭を下げまくり、原稿料や印税を前借りするなどしてどうにか凌いだ。年末、お財布の中身と銀行口座の残高を合わせた全財産が数万円を切った時には、立ち上がるどころか息を吸う気力もなかった。

クローゼットの引き出しを開け、いわゆる〈金目のもの〉をかき集めたのは、離婚から一年ほどが過ぎた秋の初めのことだ。ブランド物のバッグや靴や服などの多くはシーズンが過ぎればほとんど値がつかないけれど、貴金属は別だ。かつて取材で海外を訪ねるたび空港の免税店などで少しずつ買い求めた時計やジュエリー……思い出を辿ったりすると手放しにくくなるから、もう出来るだけ見ないようにしてあれもこれも紙袋に詰め、買取ショップに持ち込んだ。

街のショーウィンドウは一足先に色づいていた。おしゃれのいちばん愉しい季節だというのに、新しい秋服なんかには目も向かなかった。返済と日々の光熱費だけで手一杯で、とにかく破産しないための綱渡りに必死だったのだ。

渋谷の裏通り、狭苦しいエレベーターに乗り込んでビルの五階へ上がった。衝立で仕切られたブースに入ると、白い布手袋をはめたスタッフがこちらの差し出した品物を一つひとつ値踏みしてくれる。

生々しい話だけれど、いちばん高値がついたのは私の生まれ年に作られたロレックスの腕時計だった。それ以外では、『ダブル・ファンタジー』の取材先・香港で買ったゴールドのアクセサリー。日本では18Kが一般的だけれど香港では純度の高い24Kが主流だから、デザイン的にはいまひとつでもその日の金の相場できっちり売れた。そのほか各ブランドの、たとえば恋人にネジを留めてもらうという謳い文句のバングルやら、革ベルトを二重巻きにする時計などはキズがあってもそこそこの値がついたのに対して、ノーブランドの一粒ダイヤは最上級の鑑定書がついていても二束三文だった。それもこれも、いい人生勉強にはなった。

ふだんから仕事の窓口と経理業務その他を一手に引き受けてくれている友人〈お

とちゃん〉は、

「由佳さんにそんなことまでさせて……」

と悲痛な面持ちでいたけれど、私はなぜかさっぱりとした気分だった。事情が事情だけにもっと惨めになるかと思っていたのに、そんなことはまったくなかった。

きっと、手放したものたちは皆それぞれ、私のもとでの役割を終えたのだ。縁あって私のところに来て、人生の一時期をともに過ごしてくれたけれども、今はもっと切実に必要なものと引き換えに私の手を離れ、綺麗に磨かれた上で、それを欲しいという誰かのもとへゆく。

そう思ったら執着はなかった。いっそ不思議なくらい、惜しいとも悲しいとも惨めだとも感じなかった。

毎年、夏の名残の陽射しにひんやり冷たい風が混じり始めると、あの狭いエレベーターにこもっていた生温(なまぬる)い空気と、せわしなく動く白い手袋を思い出す。あれから五年ばかりが過ぎ、最近はようやく、通帳残高を眺めても心が千々に乱れるといったことがなくなった。

　そうなるまで途切れずに仕事を頂けたのはありがたい限りだし、我ながらけっこう頑張ったほうじゃないかと思う。いや、よくぞここまで頑張った、と褒めてやっていいと思う。

　いまも手もとに残る貴金属のうち、換金できる類いのものは数えるほどしかない。あのぎりぎりの瀬戸際でさえどうしても手放せなかった時計が三つと、それに指環（ゆびわ）とネックレスが一つずつ。それぞれ、作家になって初めての本の印税で買ったものだったり、特別な旅の思い出と結びついていたり、とある節目の記念に贈られたものだったり、大切なひとから受け継いだものだったり……。

　それ以外に新しい指環や時計を手に入れたいと、全然思わなくなった。女性誌に素敵な広告が載っていても、昔のようには物欲が発動しない。

　けれどそれは、装うのが〈面倒くさい〉からではないのだ。自分を底上げしてくれる持ちものを吟味し、そのつどアップデートしてゆくのも大人の女の醍醐味（だいごみ）ではあろうけれども、縁あって手もとに留（とど）まったものをひたすら大切に慈しむことも、人生を深く味わう術のひとつなのじゃないか。

今ではそんなふうに思うようになった。


ひとの価値観というものは、小さな持ち物ひとつにも滲み出る。

私はなぜだかとくに腕時計に思い入れがあって大切にもしているのだけれど、世の中にはそうでない人ももちろんいる。

最初の夫は倹約家だった。結婚して初めてのクリスマスに、何か思い出に残るものをと張りきった私が、自分のそれまでの貯金から捻出して三万円のダイバーズウオッチを贈ったところ、彼は箱を開けるなり暗い顔をして言った。

「なんでこういう無駄遣いをするかな」

時計なら一つ持っているし、黒い文字盤もあまり好みではないと言われ、結局それは翌日、買った店へ持っていって返品することとなった。

当時はとてつもなく悲しかった。物書きになってからもしばらくの間は、数百円のグラス一つ、タオル一枚新調しても、「コップならある」「タオルはまだ充分使える」と叱られる日々だった。

とはいえ、おかげで私は、浪費家だった母からは学べなかった経済観念というものを少しは身につけられたように思うし、彼のほうも少しずつ、時々は愉しみのためにお金を遣うことを覚えていった。何より、かつての房総鴨川での農場暮らしは、彼が金銭面においてしっかりしていたからこそ成り立っていたのは間違いない。

二番目の夫は、最初のうちはそれほど自堕落ではなかったはずなのだけれど、一緒に暮らすようになってからみるみる歯止めを無くしていった。私の悪い癖なのだ。自分に自信がないばかりに、付き合う男性には身の丈を越えて貢ぎ、見たくないことから目をそむけ、結果として相手を駄目にしてしまう。

付き合い始めた頃の彼は、腕時計なんて邪魔なだけだ、いま何時か知りたければ携帯を見ると言っていた。それがあっという間にブランドにこだわるようになり、通っているバーの常連客と持ち物で張り合うようになり、数年経っていざ離婚する段になると、こちらの贈った幾つかの腕時計を前にモソモソと呟いた。

「こういうのは、持っていくかどうか迷うんだよね。換金できるものだけに」

世の中にはそんな判断基準があるのかと、ぽかんとしてしまったのを覚えている。

そしてこれも私の悪い癖で、土壇場になるとつい見栄（みえ）を張ってしまうのだった。

「贈った以上はあなたのものなんだから持っていけば？」

正直に言うと、後から何度も思い出しては歯ぎしりをした。ロレックスやブライトリングやパネライ。よけいなプライドなんか発動させず、「全部そこに置いていけ」と言えばよかった。そうすれば、いの一番に「換金」できたものを。

時々そんな具合に、見栄や意地があだになる。

でも、その二つの持ち合わせがなかったなら、あのどうしようもなくしんどい日々を乗り越えることもできなかったのだ。彼の置き土産みたいな負の遺産によっていよいよ疲れ果て、もういっそのこと全部終わらせてしまったら楽かも……などと夢想しかけた時だって、危ういところでこちら側に踏みとどまることができたのは、反動のようにこみ上げてくる見栄と意地とそして、ずっとそばにいてくれたもみじのおかげだった。

時計といえば、忘れられない思い出がある。一九九四年の九月、ケニアを旅した時のことだ。

子どもの頃から「野生の王国」や「野生のエルザ」といったテレビ番組が大好きだった私は、デビュー後三作目となる小説の舞台に長年の憧れであるサバンナを選んだ。生まれて初めて三六十度の地平線をまのあたりにした時は、そのあまりの巨（おお）きさに五感が追いつかず、ただぼろぼろと涙を流すしかなかった。

観光ツアーではなく個人手配の旅だったので、日程やコースは完全にこちらの希望通りだった。桃色のフラミンゴが太陽を覆い隠して乱れ飛ぶナクル湖、雄大なキリマンジャロを背景に象やキリンの群れがぞろぞろ歩くアンボセリ、タンザニアと国境を接して広がる野生動物の宝庫マサイマラ……幾つもの国立公園や保護区の間を連日三百キロ以上も移動する旅の間、ずっと四駆のワゴン車を運転してくれたのはケニア人のドライバー、ロレンスさんだった。

私よりいくらか年上の三十三歳、お互いカタコトの英語しか意思疎通の手段がなかったぶん、かえって選ぶ単語も構文もシンプルの極みとなり、おかげでずいぶん話が弾んだ。奥さんやまだ小さい息子の話をたくさん聞かせてもらったし、私も自分のことや仕事のことを話した。その間じゅうカーステレオからはロレンスさんお気に入りのレゲエ歌手の歌がエンドレスで流れていて、「これは彼が獄中から幼い息子のことを想って歌った曲なんだよ」などと教えてもらったりした。

ある日、昼食のついでにマサイの村に立ち寄ったところ、漆黒の肌に赤い布を巻きつけた村人たちが、素朴な土産物を手にわらわらわらと集まってきた。木彫りの動物の置物やビーズの装身具ばかりか、長い槍（やり）や大きな楯（たて）まで押しつけてよこす。私が「ノー・マネー、ノー・マネー」と断ると憐（あわ）れむような顔をして、だったらそっちの持ってる何かと交換しようと身ぶり手ぶりで迫ってくる。

と、中でもひときわ背の高い青年が、私の目の前に象牙色のくさび形のネックレスを差し出した。何？　と訊いたら、ライオンの牙だと言う。

あかん。こういうのに弱い。違法でないかどうかロレンスさんに確かめた上で、私は青年と取引することにした。ネックレスとオマケの槍と楯を、何と取り替えるか。お金はないと言い張った手前、今さら財布を取り出すわけにもいかず、結局ポケットから出した一個千円の腕時計（こういうこともあろうかとあらかじめ日本から用意していったものの一つ）と交換した。相手はこちらがびっくりするほど狂喜乱舞していたけれど、私にとってはライオンの牙のほうが、値段なんかつけられないほど価値のあるものだったのだ。

が、車に戻った私が戦果について得々と話したとたん、ロレンスさんは頭を抱えてハンドルに突っ伏してしまった。これから先の人生でも、あれほど真に迫った「オーマイガッ」を聞くことはもうないかもしれない。

「こんな電気も水道もない村に住むマサイに、新品の腕時計をくれてやることはないじゃないか。何に使うんだ、待ち合わせか？」

今はどうだかわからないが、当時のあの国においては、ちゃんと動く腕時計を持っているというのは一種のステイタスシンボルだったのだ。首都ナイロビでも貴重品で、ロレンスさん自身がはめている腕時計も、なかなか家にいられないドライバーの仕事を続けた末にやっと手に入れたものだった。

「まあ、君がいいなら良かったけど」と、彼はため息まじりに言った。「俺もいつか、女房に腕時計を贈ってやりたいよ」

自分は何も知らないのだと思い知らされた出来事だった。この国におけるモノの価値ばかりでなく、私には人の心の何ひとつわかっていない……。地平線まで続く赤い大地の上に、胸が痛くなるほど澄みきった紺碧（こんぺき）の空が広がっていて、赤道の真上でも九月の空はこんなに高いのかと思った。からりと乾いた風は日本の秋風と似て、けれど思いのほか冷たかった。

十日のあいだ朝から晩まで取材に付き合ってもらい、ようやくナイロビに戻ってきた別れ際、私はロレンスさんに、ほんのお礼の気持ち、と小さな包みを渡した。

「よかったら奥さんに。新品じゃなくて申し訳ないけど」

物々交換のために用意してきた時計ではなく、私個人の愛用していた水色のBABY-Gだった。前の晩に隅々まで洗って磨いたとはいえ、お古をあげるなんてと遠慮もあったのだけれど、包みを広げてそれを目にしたロレンスさんは、顔を上げたとたんに私をものすごい力で抱きしめたかと思うと、子どもを振りまわすようにぐるぐる回りながら快哉（かいさい）の雄叫（おたけ）びをあげた。身体を離した時には目にいっぱい涙を溜めていた。

「ユカ、知ってる？　ここではだいたい六時に陽が昇って、六時に沈むんだ。女房にはこの十日間のことをたくさん話すよ。これからは、陽が昇って沈むたびに君のことを思い出す」

そして彼は、「腕時計のお返しにはならないけど」とはにかみながら、旅の間じゅうずっと聴いていた例のカセットテープをくれた。

今の私にとって、それこそ値段を付けられないほど大切な宝物はといえば、父の遺品の腕時計だ。

一九六九年に、世界で初めてクオーツ式腕時計を発売したのは日本のＳＥＩＫＯで、当初は車が買えるくらい高価だったらしい。父のはさすがにそこまで古くないけれど、それでも手に入れてから四十年あまり経つだろうか。

私が時計好きなのを知っていた父は、晩年、会うたびわざとそれを見せびらかしてよこしては、

「まだ、やらん。俺が死んだらやる」

と言ってニヤニヤした。

「あっそ。ほな楽しみに待っとくわ」

などと憎まれ口を返していたら、思うより早くその時が来てしまい、だから今でも手首にはめるたび、

（そんなつもりやなかってんけどな）

と、寂しい言い訳をしてしまう。

最後に父自ら電池を替えたのは、亡くなる半年ほど前、実家のある南房総千倉で秋の祭礼が行われている最中だった。

老人特有の気の短さで、針が止まってしまった時計をどうしても今すぐ何とかしたかった父は、甥（おい）である背の君に運転手を命じ、町の時計屋さんを探した。たぶんあの店なら、と親切に道順を教えてくれたのは、祭りの法被（はっぴ）を着てねじり鉢巻きを

した青年だったそうだ。

町じゅうの電柱から電柱へ、桃色の提灯（ちょうちん）がずらりと連なっていた。家々の門には色とりどりの薄紙で作った花飾りが立てられ、風に乗って遠くから祭り囃子（ばやし）が聞こえていた。

たとえば腕時計のそもそもの役割は時間を報（しら）せることで、ただそれだけのためなら、なるほどスマホを見れば事は済む。

でも私たちは、液晶画面に表示されるあのそっけないデジタルな数字を偏愛することはないし、特別な思い入れを持つこともないだろう。

モノには、思い出が宿る。

やがては命も宿る気がする。

おてんとさまに干したシーツと
日なたぼっこの猫、
おんなじ匂いがする。

マサイは決して他者から盗まないのだと
現地に住む知人が言っていた。
誇り高い人たち。

まるでストップモーショ
インパラのハイジャンプ。
マントヒヒはアカシアの木陰に群れをなし、
バ

マサイ族の村で、買物の交渉中。アクセサリー、槍、盾、木彫りなどが売り物。彼らが体に巻いている布は、マサイの市場で彼らが買ってきたものらしい

要なだ

神無月
October
イメージできていないものに近づくことは難しい。
だから理想を描く時はできるだけ
具体的であるほうがいい。

神無月

憧れの割烹着

一行書いてはウンウン唸り、大正・昭和の資料にあたってはまた書く、といった方式で新連載の小説原稿に向かっていたら、いつのまにか名残の夏の気配さえ消えて空が高くなっていた。せっかく避暑地に住んでいるというのに七、八、九月とほとんどどこへも出かけず、ひたすら家に籠もりっぱなし。不健康この上ない。

とはいえ毎年のことなのだ。この三ヶ月ほどは、どこへ行くにも渋滞や混雑を覚悟しなくてはいけない。いつものスーパーには人があふれ、通路やレジ前など「ここは渋谷か」と言いたくなるほどの混み具合だった。

当然、店側もこの時とばかり別荘族や観光客に照準を定める。肉類はバーベキューを意識した大量パックになるし、お刺身もやはりファミリー向けの五種盛り合わせなどが増える。ふだん通りにつつましい買い物がしたければ、開店直後または閉店直前の三十分を狙うか、いっそのこと車で隣町まで足を延ばすしかない。

レジの列、すぐ前のカップルが「へーえ、このスーパーって地元の人も利用するんだねー」などと言い合っているのを聞くと、いかなホトケのムラヤマとて頭の中で〈ぷちっ〉と不穏な音が響いたりするのだが、文句も言えない。そうして訪れる人たちが落としてくれるお金で、町の経済はまわり、数々のお店が助かり、このあとゆうに半年間は続く長いながい冬を生き延びることができるのだから。

とまあそんな事情なので――夏の喧噪が過ぎ去った後、その長いながい冬が来る一歩手前のほんの短い秋こそが、〈地元の人〉にとってはようやく落ち着ける好い季節、といえるわけであります。

ちなみにこのあたり一帯の土地はもともと、背の高いアシが生い茂る湿地を干拓して作られた。地名の中に〈井・沢〉と水にまつわる文字が二つも入っているだけあって、高原といえども春から夏にかけての湿気はすさまじい。

でも、秋だけはまるで別世界。家じゅうの窓を大きく開け放てば、からりと乾いた風が束になって吹き抜けてゆく。

そうとなったら、いざ、愉しい大仕事の始まりだ。二、三日晴天が続くタイミングを選んで、和室の窓を全開にする。箪笥の扉を開け、抽斗(ひきだし)もすべて引っぱりだして、首振り扇風機を回す。

春夏の間に一度でも出番のあった着物は吊して再チェック、問題があれば丸洗いやシミ抜きに出すけれど、そこまでいかなくても、抽斗の中に風を送り、籠もった空気を入れ換えてやるだけでずいぶん違う。ついでに防虫剤も新しくすれば完璧だ。

祖母の思い出とともに七五三の着物のことなどを書いた春から半年――もうすでに、これまで生きてきた中でいちばんたくさん着物を着て出かけている。隔週で担当するNHKのラジオの収録にも、洋服で行ったのは正月から数えて二、三回だろうか。おそろしく激しい雨が降っていた時と、あとはおそろしくマズイ感じで〆切が迫っていた時くらいだ。

たまに考える。亡くなった母は、今の私を見たらどんなふうに思うだろうな、と。

娘が中学生の時分から早くも「将来の嫁入り道具に」と、派手な色柄の着物ばかり何枚も作ってくれた母。今の好みからいって私がそれらに袖を通すことはまずないのだけれど、「着物を着る」ことをわりと身近に感じて育ったのは、やはり母のおかげに違いない。

昭和五十年代、もうすでに着物は日常着ではなくなっていた。そんな中で、母は時々思いたったように箪笥を開け、たとう紙からお気に入りの紬やウールの着物を取り出して身にまとい、上から割烹着をつけて台所に立った。

いつもと違うお洒落をして自分に気合いを入れていたのか、それとも、頻繁にぎっくり腰を患っていた母にとっては「帯しめると腰が楽やねん」というあれが本音だったのか。

いずれにしても、洋服の時よりもしゃんと背筋を伸ばして台所に向かう母の痩せた後ろ姿は、ふだん以上に近寄りがたく、でもけっこう格好良かった。

白状すると、数年前からみるみる体型が変わり、今やすっかりウエストが行方不明になってしまった。加齢による代謝の低下と運動不足、なのに食欲は依然として旺盛。太らないわけがない。

以前なら、たとえば東京新宿の伊勢丹へでも行けばお気に入りのデザイナーズブランドで服を選ぶ愉しみがあったけれど、近頃はとんとご無沙汰だ。吊してある素敵な服を見れば着てみたくはなるのだが、たとえサイズの用意があったとしても今の自分に着こなせる気がしない。もっと言えば、お店に足を踏み入れることすら気後れする。売り子さんに値踏みされている気がして落ち着かないのだ。

でも、着物なら……。

洋服と違って基本的なかたちはずっと変わらないし、前の合わせには余裕があるので、身体のシルエットやサイズが多少変化したとしてもすぐさまパツンパツンになる心配はない。しゅっと痩せた人が着ればそりゃあ素敵だが、太れば太ったなりに似合う着方もある。私など最近は、着付けの際にウエストのくびれを埋めて寸胴(ずんどう)に補整するためのタオルさえ必要なくなり、自前の肉で対応可能になったので格段に楽ちんだ。

いま箪笥に収まっているほとんどの着物は、適切な処置を重ねていく限り、おそらく私が七十代になっても帯合わせ次第で充分着られるだろう。五十代では派手に思える小紋などの柔らかものが、年を取ったら案外似合うようになったり、織りの着物なら何度も何度も着倒すことで、生地がこなれて風合いが増したりするかもしれない。現在進行形の愉しさの向こうに、うんと先の楽しみまである——それって最高じゃないか。

何であれ、イメージできていないものに近付くことは難しい。だから、理想を描く時はできるだけ具体的であるほうがいい。

今のところ私は、割烹着の似合うおばあちゃんになりたいな、と思っている。多少福々しくてもいい。そのあたり、着物はおおらかに受け止めてくれる。

さんざん着倒してこなれた紬の上から、ぱりっと白い割烹着を着て、亭主とおいしい漬物を食べるためにぬかみそなんか混ぜながらも、世の中に対しておかしいと思ったことはおかしいと言う。

そんな気骨のあるおばあちゃんになりたいものだ。あの頃の母のようにとは言わないけれど、背筋だけはしゃんと伸ばして。

割烹着で姿勢のいい人というと、鮮明に思い浮かぶ顔がある。高校時代の家庭科の先生だ。

これまた前にも少しここに書いたけれど、なかなかユニークな学校だった。小学校から短大までが武蔵野の同じ敷地内にあって、チャペルなどは周囲を糸杉のような植え込みに囲まれ、さながら中世ヨーロッパの田舎の教会みたいな趣だった。

小学校から高校までの十二年間、一貫して地味だった私は系列の四年制大学のほうに進んだけれども、短大を選んだクラスメートたちはそれぞれに華やかで、よく『JJ』や『CanCam』といったファッション雑誌に登場していた。高校時代、礼拝中に聖書の陰で漫画を読んで先生に怒られていた子が、「校内で好きな場所は？」というインタビューに「チャペルです。心が落ち着くから」などと微笑(ほほえ)みながら答えているのを見るとお腹がよじれそうで、やれやれ〜もっとやれ〜、という気分になった。

エスカレーター式で進学できたにもかかわらず外部の大学を狙っていたのは特に成績の良い子だけで、ほとんどの生徒はそんなに頑張らなくても受け皿があったぶん、かなり呑気（のんき）だったように思う。授業のカリキュラムもゆったり組んであったおかげで毎日は牧歌的だった。

先生方にしてもそうだ。転勤がないせいもあって、大昔からいる名物教師が生まれる。

たとえば、漢文のA先生。旧制一高を出られたくらいだからかなりのお歳（とし）だったけれど、芦田伸介（あしだしんすけ）と鶴田浩二（つるたこうじ）を足して二で割った感じの、早い話がたいへん男前の紳士だった。いつも仕立ての良いダブルの背広をお召しになって、授業中、私たちが机にひょいと肘でもつこうものなら、喝！　という勢いで声が飛ぶ。

「そこ、頬杖（ほおづえ）をつくんじゃなぁいッ！」

とたんに全員の背筋がピンッと伸びたものだった。

それから、中高の数学を教えていたS先生は忘れられない。見た目も歩き方もパタリロの四十年後みたいな感じの方なのだが、この先生、私が小学校から中学校に上がるなり、初対面でいきなりこうおっしゃった。

「おっ！　きみは一年A組の森田さんだねっ？　四年生の夏、校庭のジャングルジムから落ちて保健室に運ばれたことがあるねっ？」

なんとS先生は、小一から高三までの全校生徒、千数百名の顔と名前と主な経歴をすべて暗記なさっているのだった。日本版チップス先生である。

名物教師には古今東西、あだ名がつくものときまっている。お尻が楕円形に大きな体育のE先生は〈円盤〉。同じく体育でも足の短い（寸足らずな）H先生は〈スンタ〉。生物のK堀先生に至っては〈ボリ〉、藻の研究のため化学室の庭に埋めたポリ製の浴槽は、通称〈ボリ風呂〉と呼ばれていた。ボリ風呂……味わい深い語感ではある。

それからそれから、〈鉄仮面〉。世界史の女の先生で、何があっても表情が変わらないことから尊敬と畏怖をこめてそう呼ばれていた。

この先生が、たった一度、顔色を変えられたことがある。たぶん古代ギリシャ・ローマのあたりを学んでいた時だったろうか。

「えー、つまりこれが、公衆浴場の始まり。今で言うところの、トルコ※ですね」

ノートを取っていたクラス全員、ギョッとなって顔を上げ、目と目を見合わせてざわめいた。

（ト……トルコって、あのトルコ？）

そう、まだソープランドなんて呼称のない時代だったのだ。

と、〈鉄仮面〉の顔にサッと薄く朱がさした。静かに咳払(せきばら)いをしてから言い直された。

「失礼。サウナですね、サウナ」


今現在から考えると自分でも信じられないが、高校時代の私はちょっとした問題児だった。不良というのとは違うのだけれど、周りにいるのが理屈っぽい大人ばかりという環境で育ったせいか、妙に生意気で、醒(さ)めていて、先生方としてはやりにくい生徒だったと思う。

授業中は前の子の背中に隠れて小説ばかり書いていたし、成績の良い科目とそうでない科目の差が激しく、部活はまじめにやるけれども委員会はサボるといったふうで、さらには相手がたとえ先生であれ言っていることに筋が通らないと思うと教員室まで乗り込んでいき、淡々と、理路整然と、畳みかけるように抗議して言葉で負かした。

向こうだって人間だから、生徒との間に相性があるのは仕方ない。露骨に態度に出さないよう努めていても、「あ、この先生、私を煙たがってるな」とか、「この先生とは馬が合う」といった具合に、どうしても伝わってしまうものはある。

あれは高校二年の、秋の中間考査だったと思う。

その頃、我が家は荒れていた。父には外に女の人がいて、泊まってくることまではなかったけれど家には気持ちが向いておらず、母はそうした夫の裏切りと不誠実さについて毎日、毎日、毎日、何時間にもわたって私にぶちまけた。大人ぶってはいても十七歳だ。いくら母を気の毒に思いこそすれ、両親の性生活の詳細まで聞かされたくはない。

試験勉強になど集中できるはずもなく、とにもかくにも徹夜の一夜漬けでテストに臨んだその日――いちばん前の席で、早々とあきらめた答案用紙を伏せた上につっぷしていたら、寝入りばなにビクッとなった拍子に鉛筆が落ち、教壇のほうまで転がっていってしまった。

と、試験監督の先生がそれを拾いあげ、すすすと近付いてみえた。人呼んで〈日本の母〉。いつも着物の上から割烹着をお召しになっている、家庭科のA先生だ。

慌てて手の甲でよだれを拭った私に鉛筆を手渡し、

「いいのよ、終わったのなら寝ていらっしゃい。寒くない？」

おもむろに教室の隅のテレビのところへ行った〈日本の母〉は、上にのっていた特大の木製コンパスと三角定規を下ろし、クロスステッチの施されたカバーをはがすと、廊下へ出てぶぁっさぶぁっさと埃（ほこり）を払い、それから再びすすすと近付いてみえて、なんとそれを私の膝にかけて下さった。一部始終を見守っていたクラス一同、大爆笑だった。

「さ、これでいいわ」眼鏡の奥から〈日本の母〉が微笑んだ。「どうぞ休んでらっしゃい。あと十分ほどあるから」

私は、おとなしく再び机に顔を伏せた。

ほんの目と鼻の先に、払ってもなお埃っぽいクロスステッチのカバーがあった。垂れてくる鼻水でそれを汚さないように、身体に力を入れて泣くのをこらえた。

どうしてあんなに切なかったものかわからない。割烹着姿の先生の、打算も何もない優しさが沁(し)みて沁みて、なんだかもうたまらなかった。

柔らかな秋の陽射しに照らされていると、ふっと泣きたいような気持ちになるのは私だけではないと思う。

小さい頃から高校時代まで、イベントの多くが秋に集中していたせいもあるのかもしれない。運動会や芋掘りや遠足、体育祭に学園祭、それにミッション系の学校だとそろそろクリスマスに向けてミュージカル仕立ての聖劇の練習なんかも始まって、放課後もずいぶん遅くまで準備や練習に明け暮れたものだ。

夕暮れの教室に射し込む、だんだん赤みを帯びてゆく陽射し。すっかり暗くなった校庭にこぼれる、蜜柑色(みかんいろ)をした体育館の明かり。

思い起こすと胸の裡（うち）にノスタルジアが潮のようにひたひた満ちてきて、心臓の端っこに疼痛（とうつう）が走る。もうあの頃には戻れないと思うからこそ切ないわけだから、要するに年を取ったということなんだろう。

それもまた、悪くない。「セピア色の思い出」なんて言われるけれどとんでもない、私の思い出はいまだに、どれもこれも天然色だ。

※編集部注：個室付き特殊浴場を意味する「トルコ（風呂）」は本作中では当時の発言のまま表現されていますが、国としてのトルコ共和国とは無関係であり、特定の国家や民族に対して著しく配慮に欠け偏見を助長する呼称であったため、一九八四年にソープランドと呼称が改められています。

着物を着たら お出かけ!と
思ってる お絹坊。
どこへも行かないよー、と言いつつ
出かける かーちゃん。

〈青磁〉は、亡き父の猫だった。
うちに来て幸せだったかい?
向こうで お父ちゃんに会えたかい?

神棚の横に陣取る
バチアタリな狛猫。

霜月

November

霜月

お米の国の人だもの

いつのまにかすっかり陽の落ちるのが早くなった。庭に射す西日の角度と、そのさらさらとした粒子の細かさに、深まりゆく秋を感じる。

二階のベランダに散らばり、薄い陽射しとの名残を惜しんでいる猫たちに、

「あんたたち、もういいかげんおうち入りや。風邪ひくで」

と言い聞かせ、それぞれがまあまあ聞き分けよく中へ入るのを確かめてからドアを閉める。そうしないとあっという間に家じゅうが冷えきってしまう。

猫たちの皿にカリカリを入れてやる音を聞きつけて、ひとりだけ一階で寝ていたはずの〈銀次(ぎんじ)〉が階段を上がり、よたよたと内股で駆けつける。寄る年波のせいで足もとはおぼつかないくせに、いまだに耳だけはいちばんいいのだ。お絹も〈朔(さく)〉も加わり、三にん仲良くお皿に顔を突っ込んで食べている。

おかしい、ひとり足りない。ふり向けば、末っ子の〈フツカ〉が、ベランダから

大きな顔をガラスドアに押しつけるようにしてこちらを覗きながら、「うなぁー」と恨めしげに鳴いている。入れと言った時にこっそり隠れたのは自分のくせして、〈ひどいでち。もう誰も信じられないでち〉みたいな顔をしている。

——すばしっこい朔と、鈍くさいフツカ。

——おそろしく賢い姉と、ちょっと足りない弟。

貶しているわけではない。鈍くさくて足りない子は、鈍くさくて足りないがゆえに、ほうっておけない可愛さがある。

てんでにカリカリを食べ終わり毛繕いを済ませたあたりで、お絹が冷蔵庫脇のキッチンワゴンにひょいと飛び乗る。その位置からだと、夕食の仕度をする私が途中で自分を置いてどこかへ消えたりしないよう、しっかり見張ることができるからだ。

二合半のお米を量り、初めの三回くらいは水を素早く替えながら研ぐ。お米を研ぐ音はいい。まるでパーカッションよろしくリズミカルで涼やかだ。

水加減をして、気温の低くなるこれからの季節なら一時間くらい浸しておいた後、土鍋で一気に炊きあげる。やがて噴き出す湯気の匂いをくんくん嗅いで時間を加減し、十分前後で火を止めたらさらに十分蒸らす。いざ蓋を取ると表面にぽつぽつとカニ穴があき、米の粒はぴかぴかに輝いて立っている。

「よっしゃ」

呟きながら杓文字(しゃもじ)を入れて底のほうからひっくり返すと、思った通り、こがこがと香ばしいおこげができている。

竹のざるに洗い上げられた半透明の米粒が、夕暮れの陽を受けてぴかりと光っていたのを憶えている。昭和四十年代の後半、当時の我が家にはすでに電気炊飯器もあったのだけれど、母には何かが不満だったらしい。いつしか、使い込んだ重たい羽釜を現場復帰させた。

小学生の私に、母は手首のくるぶしみたいなぐりぐりで量る水加減を教えこんだ。わりと適当というか融通が利くらしく、失敗しても炊きあがりが少し硬めになったり少し軟らかめになったりする程度で、食べられないということはほとんどないようだ。

借家の狭い庭の片隅にある竈(かまど)は、母に頼まれた父が銀色の一斗缶をくりぬいて作ったものだった。羽釜をすぽっと上からはめ、下から薪(まき)をくべると、母はその前にしゃがみこんで言った。

「『初めチョロチョロ、中パッパ、赤子泣いても蓋取るな』、て覚えときや」

「何それ?」

「さっきのは水加減、こんどは火加減や。初めは弱火、途中からは強火でごんごん炊くねん」

赤ん坊が泣いても……とは要するに、たとえ不測の事態が勃発しようともゆめゆめ慌てて蓋を取ったりしてはいけない、という意味なのだろう。重たい木蓋をぐつぐつと押し上げる吹きこぼれがおさまり、釜の外側についた〈おネバ〉が白い焼海苔(やきのり)のように乾いて、やがて間近に耳を澄ましても中から何の音もしなくなったらいよいよ炊き上がったしるしだ。このころにはもう、庭の植え込みは夕闇に沈んでいる。

しばらく蒸らしてから両手に鍋つかみをはめ、熱々の羽釜を濡れ縁へと運ぶ。木蓋を開けるといっぺんに、粘りけのある甘い香りと湯気が上がって、覗きこむ母と私の頬をしっとり湿らせる。ぴん、と粒が並んで立った表面の白さは、杓文字を差し入れるのにたじろぐほどだ。つやっつやの御飯を大きくすくっては、銅のたががはまった椹のお櫃に移し替えてゆく。

そうして母はいつも、羽釜の底に残ったおこげをこそげ取り、手塩をしてきゅっと小さく握ると私に差しだしてくれた。夕食の前だからとほんの二口ほどで食べられるサイズの、熱々のおにぎり。

とりわけ新米の季節、夜のとば口にある庭先で頬張るそれは、しょっぱいのに甘く香ばしく口の中ではらりとほどけて、お茶碗によそわれた御飯とは別ものの、どこか危うい味がした。

いま上機嫌でもいつ豹変するかわからない母は、いわば荒ぶる神のようだった。褒められたい気持ちと、叱られたくない気持ちのせめぎ合いで、日々顔色ばかり窺って過ごしていた。

すでに彼岸へ見送った今もなお、思い起こすたび苦しくなる記憶の中から、ふいに、

〈美味しい〉

とか、

〈愉しい〉

といった思い出がよみがえると、懐かしさよりも狼狽(ろうばい)のほうが先に立つ。思えばあのころの母は今の私より十も若かったのだ。

我が家には、電気炊飯器がない。さすがに竈とまではいかなくてガスの火だけれど、もう十五年くらい、土鍋か羽釜か、あるいは鋳物の重たい鍋で炊いている。

お絹に背中を見守られ（見張られ）ながら、ひょいとかがんで火加減を見ていると、時折、耳もとに声がする。

〈初めチョロチョロ、中パッパ、赤子泣いても……〉


とくに秋口から後の、夕暮れの街を歩くのが好きだ。それまで外から見ただけでは何屋さんかわからなかった店が奥のほうまでくっきりと見通せる。営業時間のうちに外が暗くなるぶん、煌々と明かりの灯った店内のすべてがきらめいて、一つひとつの店舗がまるで大きなランプみたいに尊く見える。都会ならではの美しさだ。

半世紀ばかり前、私が生まれ育った頃の東京練馬区は田舎だった。今でこそお洒落な人の集まる石神井公園や大泉学園の界隈には、見渡す限りのキャベツ畑や麦畑や栗林なんかが広がっていた。

そして我が家はといえば、とても狭い借家のとても狭い庭に、母が植えまくった沢山の植木がひしめいてジャングルのようだった。

六畳一つと四畳半が二つ、瞬間湯沸かし器のついた小さな台所と、膝を抱えて浸かる木のお風呂、汲み取り式のお便所。そこに父と母と兄二人と私、の計五人がぎゅうぎゅうと暮らしていた。のちには裏庭に小さなプレハブを建てさせてもらって兄の部屋にしたものの、それでもやっぱり狭いことにかわりはなかった。

部屋の間仕切りは襖または障子で、プライバシーなど皆無だったが、それは家そのものの構造以上にやはり母の性格によるところが大きかったように思う。秘密や隠し事を極端に嫌う人だった。とくに年の離れた兄たちが家を出てからは、すべての関心と感情の矛先が末っ子の私に向いた。

中学生の頃学校で流行っていた鍵付きの日記帳などは、

「やましいことが無いねやったら見せられるはずやろ」

という理由で鍵を母に預けなければならなかった。

二十歳を過ぎてなお門限は夜十時、就職してから残業で遅くなることが続くと、母は疑わしげに言った。

「ほんまに仕事なんか？　隠れておデートとちゃうやろな」

一日も早く、この母から逃れて自由になりたかった。顔色を窺わずに暮らしたかったし、自分だけの秘密を抱いて眠れる空間が欲しかった。

狭い家に育った反動からか、いっそのことばかみたいに広いところにも住んでみたかった。憧れの『大草原の小さな家』みたいな暮らし。実現の可能性はほとんどなくても、夢ばかりはいくら大きくたって荷物にならないし、願ってさえいれば万

――ということだってあり得る。そう――あり得るのだ。

専業作家になって十年目、まだ最初の結婚をしていた頃に、南房総鴨川の山の中にある三千坪の荒れ果てた土地と出会った。農地だったので素人が買うことはできず、そういうことならと申請書類をきっちり揃えて提出、正式に農業権を取得して自給自足の農場を作り始めた。

現地にうち捨てられていたユンボ（ショベルカー）を修理し、私有地なのをよいことに無免許ながら実地で操縦を覚えた。低いところに大きな池を掘ると、葦(あし)の生い茂っていた湿地の水が一箇所に集まり、うまい具合に土地全体が乾いた。

あちこちから集めてきた廃材で掘っ立て小屋を作り、一角にぐるりと牧柵をめぐらせて馬を放す。畑を耕し、野菜を育て、休耕田を人に借りて自分たちの食べるぶんだけ米を作る。もらってきた有精卵を孵卵器(ふらんき)で温めて最初の雛をかえし、鶏小屋や兎(うさぎ)小屋の周りには、一周百メートルくらいのフェンスを二重にめぐらせて間に犬を放し、夜中にイタチやハクビシンが入り込まないよう番をさせる。トラクターも田植え機も脱穀機もフォークリフトもそれぞれ中古で手に入れ、壊れては修理して使った。

何しろ生まれつき動物が好きだったから、十代の頃まではテレビで人気の動物王国に憧れたりもしたものだけれど、いつしか自分の目指すところとは違うなと思うようになっていた。野生動物を手なずけたり、そこにいるはずのないめずらしい生きものを飼うのじゃなく、日本の田舎が昔からそうであったような自然な暮らしをしたかった。

鴨川の農場にいる動物たちにはそれぞれに役割があって、人も含めて皆が可能な範囲で自分の役割を果たしていた。馬は田んぼの見回りにゆく人を背中に乗せて運び、その落とし物は栄養豊富な堆肥になる。鶏は美味しい卵を産み、犬は敵の侵入を見張って阻止し、猫はネズミを捕り、兎は草を食んで短く保ち、そして人間は彼ら全員が快適に過ごせるよう面倒を見つつ、自分の身体を動かして作った作物を収穫する。そうして全員が、一日の終わりに満ち足りて眠りにつく――。

いま思い返しても、ほんとうに愛しい暮らしだった。結局は数年間で終わってしまったけれども、あの農場生活は昔からの夢の実現であると同時に、ふだん机にばかりへばりついて言葉をいじくりまわしている私にとって、肉体を使い、手でさわれるものを産み出すことの尊さを学ぶための時間だった。

いま背の君と暮らしている軽井沢は、鴨川とは対照的に一年の半分が冬という土地柄だ。家の裏手にまだ少しの土地は空いていて、小さな家庭菜園くらいなら作ろうと思えば作れるのだけれど、正直、気持ちが動かない。地元のスーパーに行けば、プロの作った美味しい野菜が都会とは比べものにならないくらい安く買えるので、わざわざ自分で作る気力がわかないのだ。

で、もっぱら庭いじりのほうに精出すことになる。

小さな庭でも、思い通りになることなどほとんどない。こちらがいくら献身的に奉仕したところで、人間のできる手助けなんてほんのわずかでしかなくて、あとはお天道さまと、雨と、季節の約束事に従うだけだ。

東京から移り住んで、すでに干支(えと)がひとめぐりした。大きな地震があり、激しい台風があり、百年に一度と言われるほどの降雪があった。大好きだった父と、自分自身よりも愛した猫と、おしまいまで確執の深かった母を三年続けて亡くした。どんどん自由になるかわりに、どんどん寂しくもなっていった。

しんどさをもてあますたび、仕事以上に土いじりに没頭した。悲しいことがあった時ほど、何でもない花のひとつが驚くほど美しく目に映る。大事なものを喪えば喪うだけ、育ちゆく生命の香りに触れたくなった。

もう一つ、土をいじるのとよく似た感じでもって、私を回復させてくれたものがある。料理だ。どちらもよけいなことを忘れて手もとに集中する必要があるからだろうか、ひととおり没頭して作業が終わるととてもすっきりする。

凝ったレシピなど必要ない。背の君はわりあい偏食というか保守的で味覚に関しては冒険を嫌うので、とにかく彼が確実に好きとわかっているメニューをローテーションで作る。あとは米さえあればいい。それだけで、

「お前の作るメシはほんまにうまいなあ。刺身で晩酌、〆にお茶漬け、最高やなあ」

などと上機嫌でいてくれる。お刺身なんかただ買ってきて皿に盛っただけなのだ

けれど、それでこんなに褒めてくれるのだからありがたい。

新米のみずみずしいこの季節、例によって土鍋で炊いたおこげ交じりのぴかぴかご飯は、おかず無しでそれだけ食べても美味しい。残ったら熱いうちにおにぎりにしておくのが昨今の我が家のブームだ。

具材はその時によって、練り梅、醤油をまぶしたおかか、佃煮昆布、明太子、ちりめん山椒、塩鮭……翌朝これにお味噌汁やお吸い物を添えれば完璧。だってお米の国の人だもの、この時点で一日の幸福が約束されようというものだ。

ちなみに、私のSNSを追いかけてくれる方々からは時折、こんなぼやきのコメントが寄せられる。

〈作家のアカウントをフォローしたはずなのに、猫とご飯の話題しか流れてこない〉

そう言われても、と思ってみる。人生で最も愛するものがその二つなのだ。申し訳ないけれどあきらめて頂くほかはない。

どうしてここまで信用してくれるものか、
いまだにわけがわからない。

銀次が争うところを見たことがない。
もちろんお絹も彼が大好き。
我が家の金銀ペア。

「うちの息子が
どうもすみません。」

師走

December

クリスマス飾りが
とこしえの命をあらわす赤と緑なのには、
やっぱり意味があるようだった。

師走

祈りの木

この家を初めて下見に訪れたのは二〇一〇年のことだった。

芝草の前庭には今と違って何も植わっていなかったけれど、赤茶色の煉瓦（れんが）張りの壁に白い西洋窓が並ぶ外観を見た瞬間、ああ、なんてクリスマス飾りが似合いそうな家だろうと思った。

その時点では、あたり一面が雪に覆われたホワイトクリスマスを想像していた。でも実際に暮らしてみると、年内にまとまった雪が降ることはたまにしかなくて、そのかわり寒さは思った以上に厳しかった。よく晴れた日の夜中や明け方などはしょっちゅうマイナス十度以下に下がる。こちらへ来て以来いちばんの冷え込みはたしかマイナス十八度、台所の洗い桶（おけ）に氷が張ったほどだ。むしろ雪の降る日のほうがずっと暖かいということをこの身で思い知らされた。

物書きにとっての十二月というのは実質、半月くらいしかない。師走だから体感的にあっという間、というのじゃなく、現実的に使える日が少ないのだ。出版社や印刷所の仕事納めから逆算してゆくと、月々の連載の〆切がどれもこれも十日以上前倒しになる。地獄の年末進行である。

にもかかわらず、毎年十一月の終わり近くになると私はじっとしていられなくなり、ついつい「息抜き」と称して玄関先のツリーを飾り付けてしまう。執筆が押しに押して時間が取れず、ようやく一段落ついた時にはイヴまであと三日！　という年もあったけれど、それでも飾った。意地でも飾った。

背丈よりもはるかに大きくて重たいツリーをいちいち出したり引っ込めたりするのはコトなので、リアルな作りなのをよいことに年がら年じゅう玄関先の軒下に「生えた」まんまにしてある。その砂埃（すなぼこり）を払い、倉庫からオーナメントを台車に載せて運び出しては、全体のバランスを見ながら飾り付ける。

入口ドアには赤い実のリースに金色のリボンをかけ、頭上にもモミノキの枝を模したガーランドを吊し、ごく控えめな電球色のイルミネーションを点滅させる。二階ベランダの手すりの外側にくくりつけるのは、直径一メートル超の巨大リースだ。

屋内の壁にふだんからかけてある鹿の剝製の首や角にもきらきらしたものをぶらさげ、それでも余ったオーナメントは庭のモミノキ（本物）や落葉樹の枝先にひっかけてまわる。

凝れば凝るだけ、二十五日が過ぎた後でお正月飾りに切り替える間際の片付けが面倒になるとわかっているのに、それでもやめられない。ミッション系の学校に通っていた頃、クリスマスというのはとにかく一年で最も華やかな、世界を寿ぐための季節だった。あの空気感がしみついていて、今でもクリスマスといえば何かしないことにはソワソワしてしまうのだ。

そういえば、今は亡きもみじの容態が思わしくなかった二〇一七年の冬はどうだったっけ、とアルバムを遡ってみたら、やっぱり飾っていた。あんなに気持ちも生活も仕事も乱れてばたばたしていたというのによくもまあ、と自分に呆れる。

ただ、この年だけはいつもの赤と金色を基調とした飾りじゃなく、青と銀色で統一したツリーだった。

あの時の祈るような気持ちが甦る。一つ、また一つ、オーナメントを選んでは枝先にぶらさげながら、家の中の暖かい場所で寝ているもみじを想って、やりきれなかった。たとえどんなに強くつよく願い、今年のクリスマスをなんとか持ちこたえることができたとしたって、来年のクリスマスには彼女はもういないんだろう。それでも祈らずにいられなくて、枝全体が垂れ下がるくらいギッシリと飾った。

青や銀のオーナメントは、都会の景色の中では凜とお洒落に映えていたはずなのに、冬枯れの庭にはずいぶん寒々しく見えて、あれからは倉庫に眠ったままだ。

クリスマス飾りがとこしえの命をあらわす赤と緑なのには、やっぱり意味があるようだった。

十一月三十日に最も近い日曜日からクリスマス前日までのほぼ一ヶ月を「アドベント」と呼ぶ。キリストを迎えるための、心の準備の期間でもある。

通っていた学校ではそのアドベントの最初の日曜日、紫色のリボンで水平に吊したリースに一本目のロウソクを立てて灯した。そこから毎週一本ずつ増やしていって、基本的には四本立った週のうちにいよいよクリスマスが来るわけだ。

日々の礼拝で歌う聖歌も、もちろんクリスマス・キャロルが主となる。「まきびとひつじを」「ああベツレヘムよ」「もろびとこぞりて」……ふだんは礼拝なんて眠たいばかりの生徒たちもなんとなく気持ちが華やいで、しぜんと背筋を伸ばして歌うようになる。

小・中・高とそれぞれ、最高学年の生徒がキリストの降誕を描いたページェント（いわばミュージカル仕立ての聖劇）を演じるのが伝統で、高校の時、私は恥ずかしながら天使の役をもらって歌った。白い丈長の衣装にたすき掛けで背負った大きな羽が、まるで終業式の日のランドセルみたいに重たかった。

毎日の合同練習が終わる頃、外はもうとっぷり暮れていて、中庭にそびえるヒマラヤ杉に色とりどりのイルミネーションが点っていた。ツリーそのものが巨大だから、イルミネーションも一般的なそれではなく裸電球に着色したものなのだけれど、風に揺れる枝の間からその電球たちがちらちらと覗く様は瞬いているように見え、少し離れて全体を眺めると言葉を失うほど美しかった。

仲のいい友人たちと、じゃあね、また明日、と手を振りあって、それぞれが電車やバスで家路につく。

私は自転車にまたがると、水っぱなをすすりながら全力でペダルを漕(こ)いだ。三鷹台から五日市(いつかいち)街道や青梅(おうめ)街道などの大きな通りをいくつも越えて、石神井公園近くの家まで三十分ほど。

高機能肌着もダウンジャケットもない時代、ベージュのダッフルコートは薄っぺらであまり暖かくなかったし、耳も鼻も頬(ほ)っぺたも痺(しび)れて感覚がなくなるくらい冷たかったのに、身体の芯だけは火照っていた。

若かった。

🌲

一昨年(おととし)の冬のことだ。

たまたま連載が重なっていて忙しく、これで年末進行にさしかかると絶対に時間が取れないと考えた私は、例年よりも早めにツリーを飾ってしまうことにした。

背の君はといえば、基本的態度として、季節の行事にはあまり興味を示さない。節分も菖蒲湯も七夕も柚子湯も、私のすることを馬鹿にしたりはしないけれどまあ「ふぅん」という感じだ。

クリスマスにしてもこちらが頼めば何でも面倒がらずに手伝ってくれるものの、そんなに嬉し楽し大好き！　というほどではなさそうなので、ツリーその他の飾り付けはいつも私一人でする。何の不満もない。こういうことは好きな者がしんねりむっつり一人でやるのこそが愉しいのだし、背の君のほうもそれをわかっているから余計な口出しはせず、そのかわり自分は自分で車を洗ったり、三台ぶんのタイヤをそれぞれ冬仕様のものに替えたり、かと思えば途中で熱々の抹茶ラテなぞ淹れて持ってきてくれたりする。

「ええかげんなとこでやめとけよ。風邪ひくぞ」

「ん、わかった！」

ニッコリ答えつつも、〈ええかげんなとこ〉の潮時が私には全然わからない。この日も三時間ばかりぶっ通しで立ち働き、ツリーの他にも出入口にリースやガーランドを掛け、庭のクラブアップルやシラカバの枝やアイアンのアーチなどにもオーナメントを吊した。

その間、足もとにはずっと、〈楓〉がまとわりついて「やんっ、やんっ」と甘えていた。サスケと楓の兄妹は当時、育ての親である銀次以外の猫たち――青磁、お絹、朔、フツカの皆と折り合いが悪くて、仕方なくドアを挟んだ別室に隔離し、昼間はバスルームから外へと出入りできる状態にしていた。私が庭に出るとすぐに物音を聞きつけて、草を引く手もとを覗きに来たり、落葉を掃くホウキなどにいちいちじゃれついて遊んだりするのが常だった。

でもその日は、サスケの姿が見えなかった。楓はよく近所のパトロールに出かけるけれど、サスケはヘタレだから家の周りから離れることはない。きっとどこか風の当たらない物陰で丸くなって寝ているのだろうと、かじかんだ手をこすり合わせ、飾り終えたツリーの写真を撮った後は、せっかくなので完成形を見てもらうべく背の君を呼びにいった。

「はいはいはい、どれどれ」

私に手を引っぱられて仕方なく彼が出てくる。話し声に反応して、ようやくサスケもどこからか姿を現した。

と、その時、背の君が言った。

「ちょお待て。サスケのやつ、おかしないか?」

え、と見やると、こちらへ向かってくるサスケの足取りにまるで力がない。右へ左へふらふらして、ツリーの横のベンチに飛び乗ろうとするも果たせずに落っこち、しんどそうにうずくまる。毛は艶を失ってぼさぼさだ。

「どないしたんな!」

抱き上げてみて、さらにびっくりした。ほんの数日前にはずっしり重たかったはずの体が嘘みたいに軽く、目には光がない。このところ食欲はむしろ旺盛なくらいだったのに。

慌てていつもの動物病院に担ぎ込む道すがら、怖がりのサスケがほとんど反応を示さない。意識が朦朧(もうろう)としているようだ。着いてすぐに血液検査となった。待っている小一時間、生きた心地がしなかった。

おなじみインチョ先生は、検査の値を私たちに見せながら深刻な面持ちで言った。

「今日連れて来て下さってよかった。一日遅れていたら危なかったかもしれません」

——糖尿病。

言われて目を剝いた。まだ八歳と若く、肥満でもないサスケがまさか、ほんとうに？

茫然（ぼうぜん）としている私たちにインチョ先生が説明して下さったところによると、だいたいこういうことだった。

糖尿病とは、インスリンと呼ばれるホルモンの分泌が不足することによって血糖値の高い状態が続いてしまう代謝異常の病気だ。インスリンの役目は、糖類を血液中から細胞へと取り込むことなので、そのインスリンが不足して正常に機能しなくなると、細胞は体を動かすためのエネルギーを作り出せないばかりか、血液の中に糖がたくさん余って残り、尿にまで糖が出るようになる。ちゃんと食べているのに急激に痩せてしまうのは、取り込めなかった糖の代わりに脂肪をエネルギー源として使うからで、そうするとケトン体という毒性物質が体内で合成され、ひどくなると白内障を起こして失明したり、最悪の場合は命にかかわることもある……。

「サスケちゃんは今、糖尿病性ケトアシドーシスという一種の昏睡(こんすい)状態にあると思います。急いで輸液をしながらインスリンを投与して、まずはこのおそろしく高い血糖値を下げることに力を注ぎますね」

そこからが大変だった。

血糖値を正常に保つために投与すべきインスリン量の最適解がなかなか見つからない。一回に注射する量や、一日に打つ回数、それぞれを増やしたり減らしたり、途中で薬の種類を変えたりといろいろ試みるのだけれど、サスケの状態はいっこうに安定せず、ちょっとしたことで食欲が落ちたり、元気がなくなってベッドやソファの下から出てこなくなったりする。健康な猫ならば半日くらい食べなくてもたいしたことはないけれど、サスケの場合は注射したインスリンに見合うだけ食べてくれないと、こんどは一気に血糖値が下がりすぎてこれまた命にかかわるのだ。

いよいよクリスマスが近付いたある日の明け方など、とうとう急激な低血糖によるてんかんの発作を起こし、四肢を突っ張って痙攣(けいれん)を始めた。てっきりもう駄目な

のだと思って、カッと見ひらいた目を間近に覗きこみ、

「大丈夫やで、そばにおるから。かーちゃんもとーちゃんもここに居てるから、な」

サスケぇー、サスケぇー、と大声で名を呼びながら、おいおい泣いた。

この時は結局、無理やり口に流し込んだブドウ糖が効いてきて事なきを得たのだったが、それやこれやでぐったり疲れ果てた私たちは、インチョ先生が満を持してサスケの腰に装着してくれた人間用の測定器（髪の毛ほどの細さの針が刺さったままの状態にしておき、手もとの器械で血糖値を測れるもの）の力を借り、一ヶ月以上にわたって毎日一時間ごとの値をノートに記録し続けた果てに、ようやく……病気の発覚から五ヶ月ばかりかけてほんとうにようやく、これならと安心できるバランスを見つけ出すことに成功したのだった。

それから、二年——。

今、サスケは我が家の猫たちの中でいちばん立派な体格をしている。ガリガリだった体はすっかり牡猫（おすねこ）らしい筋肉質な体つきに戻って、療法食をもりもり食べ、ウンチももりもり出している。

「えっらいな〜、何このでっかいウンチッチ。サ〜スケちゃんは賢いな〜。とーちゃんもかーちゃんもびっくりやわ、なんでそんな賢いのかな〜」

赤ん坊ならともかく、人間ならもういい年をしたオッサンだというのに、ただ食べたり出したりするだけでこれほどの賞賛を受けるというのはいかがなものだろう。

インスリンの注射と経口のお薬は、〈一日三回・八時間ごと〉に落ち着いた。朝六時、昼二時、夜十時には必ず私たちのどちらか一方が家にいなければならないから、夫婦揃っての遠出はほぼできないし、しばしば寝不足にもなる。

けれど、それを苦に思ったことはない。献身的とかいうのとも違って、もはや当たり前の日常になっただけだ。

見送ることを覚悟したあの明け方の苦しさを思えば、ワガママ全開のサスケがそのつどアラームよりも五分から三十分前に耳もとで鳴き、こちらの顔を前足でぱむぱむ叩いて起こしてくれる毎日は夢のようで、この生活が続くのなら何だってさせてほしいと祈る。

同時に、偶然のめぐり合わせに感謝する。あの年、たまたま早めにツリーを飾り付けなかったら、たまたま背の君の手を引いて一緒に外へ出なかったら、サスケは力をふりしぼってあの場に現れたりせず、そのまま冷たくなっていたかもしれないのだ。

今年もまた、ぎっしりと飾り付けたクリスマスツリーを眺めながら、来し方のあれやこれやを思い起こしている。両親の喪に際して門松や注連縄(しめなわ)などのお正月飾りを遠慮した年はあったけれど、ツリーを飾らない年はまずなかった。

きっと、これからめぐってくる十二月もそうなのだろう。いずれ猫たちを含めた家族の誰を先に見送ることになったとしても、私は一人黙ってオーナメントを一つまた一つと吊してゆき、そうしてその年のツリーは、いつにも増して目に美しいのだろう。

とーちゃんの服じゃないよ。
これは、俺の、座布団。

注射器と飲み薬の用意をしていると、
自分からそばに来てスタンバイしてくれる。
世界一、賢いと思う。

We wish you
a Merry christmas!

睦月

January

睦月

真冬の阿呆

お雑煮の味は、土地ごと、家ごとに違うという。

我が家は両親ともに関西の出で、父方の祖母が京都、母方の祖母は大阪船場（せんば）の生まれだった。お雑煮は、元旦は父に合わせてほんのり甘い白味噌仕立て、二日目は母の実家の流儀で昆布だしのおすまし。いずれにしてもお餅は丸かった。

幼い頃のお正月を思い起こすと、庭一面が真っ白だったり、軒先に腕より長い氷柱（つらら）がたくさん下がっていたりといった光景が浮かんでくる。雪国ではなくて、練馬区石神井での話である。昭和三、四十年代の東京はそれくらい寒かったのだ。地球温暖化のスピードはもとより、自分の幼年時代がすでに半世紀以上も前だということに茫然としてしまう。

寒いのは外ばかりではなかった。当時はアルミサッシなどまだそれほど普及しておらず、建具といえば木枠に薄い一枚ガラスがはまっているだけだから、家の中でも石油ストーブのない部屋では息が真っ白になった。寝る直前にお風呂であったまり、ほこほこの身体のまま冷たい布団にもぐりこむ。足もとの湯たんぽか電気アンカだけが頼りだ。朝は、布団から出て着替えるのがそれはそれは億劫だった。凍えながら歯を食いしばって起きてゆくと、風呂場の洗面器に薄く氷が張っていた。

古い借家の庭はひどく狭かったが、母がかなりの無理筋で植えた梅や桃や桜や柿や、モクレンやシラカバやイチジクやハナズオウやボケやユスラウメやザクロや……といった木々が冬場はすべて葉を落とすので、こざっぱりと見通しがよく明るくなり、他の季節の三倍くらい広い感じがした。それだけたくさんの植物が野放図に育つほどだから、いま思えば家が建つ前は畑だったのだろう。黒い土はぽくぽくと柔らかく、これまた冬場は十センチを超える霜柱が立った。

これがまあ、溶けると生チョコみたいな有様となって歩けたものではない。だから年の瀬に知り合いのお百姓さんに頼み、ムシロをじゅうたんのように庭一面に敷き詰めてもらう。その人を〈コウさん〉と呼んでいたことだけは耳が覚えているが、どういう字を書くか、苗字だったか名前だったかもわからない。ともあれ我が家においては、その清潔な藁の匂いのする庭先に、重たい臼を据えて家族総出で餅つきをするのが、正月を迎えるための大事な儀式だった。

そう——あの頃はお餅といえば各家庭でつくか、ふだんお世話になっているお米屋さんに頼んで配達してもらうのが一般的だったのだ。東芝から家庭用餅つき機「もちっ子」が発売されたのは昭和四十六年（一九七一年）だそうだが、どういうわけか母は全自動でつきあがる餅の味というものをまったく信用していなかった。

大阪から上京してきた祖母が母と一緒に忙しく立ち働き、せいろを積み上げて餅米を蒸す。もうもうと立ちこめる湯気が台所のあれこれを湿らせる。縁側に面した建具は開け放たれ、部屋の隅っこへ押しやられたコタツに猫たちが寄り集まって身体を丸めている。庭先につながれた犬は何が始まるのか興味津々で落ち着かない。

庭の井戸のそば、真新しいムシロの上には、父が前日のうちにタワシで洗い、一晩かけて水を含ませた臼と杵が据えてある。餅米が蒸しあがり、せいろごと運んでいった母が臼の中へ逆さにあけて布巾を取り去ると、待ち構えていた二人の兄のどちらかが、杵の先でぐいぐいと押し潰してはこねる。

臼のまわりを回りながら腰を入れて体重をかけることを繰り返し、米粒があらかた崩れて粘り気が出てきたら、そこからがいよいよ本番だ。杵の先に水をつけ、頭上高く振り上げて、振り下ろす。力任せにではなく、杵の自重を利用して臼の中心にストンと落とすと、冬のあかるい庭に〈ぺったん！〉と胸のすくような音が響きわたる。

合いの手を入れるのは父の役目だ。水をつけた手で、一回つくごとに凹(へこ)んだ餅を半分にたたむように中心に集め、何度かに一度は底からひっくり返す。おそろしく熱いはずなのに怯(ひる)まず手を突っ込む父も、そして斬り合いをする武士みたいに真剣な顔で杵を振り下ろす兄たちも、ぴたりと息が合っていてすごくカッコ良かった。

つきあがった餅は大きな板の上にのせられて、母と祖母が餅とり粉をふりかけ、ちぎっては手の中で平たい丸餅へとくるくる丸めたり、大きなナマコ形ののし餅に伸ばしたりする。そうしながら皆がかわるがわる、熱々の柔らかい餅を大根おろしと醤油につけたり、きな粉やあんこをまぶしたりして頬張る。冬の大根おろしは容赦なく辛くて、幼い私はこの時とばかり、甘いのを選んで食べた。

記憶がくっきりしているから、あれはたしか四つか五つだったろうと思う。兄たちがかわるがわる、ぺったんぺったんと餅をつく姿を見ていたら、羨ましくなった。というより、その勇姿に強くつよく憧れた。

やってみたいけれど杵は見るからに重そうで、自分には持ち上げることさえ無理だとわかる。せめて、ごっこ遊びをしたかった。

臼と、杵と、お餅……。

ふと素晴らしいアイディアが浮かび、私は食器棚の下のほう、手の届くところにあった小鉢をひとつ取り出した。祖母に頼んで、ちょうど蒸し上がった餅米をほんの一口ぶんわけてもらう。

さて、お次は杵だ。そっくりな形のものが父の工具箱にしまってあるのは知っている。見つけて取り出すと、私は猫のいるコタツのそばへ行き、小鉢によそった餅米をその金づちの先で丹念に潰し始めた。餅米に赤錆(あかさび)が混じって茶色く汚くなってゆくのを見たらちょっと不安になったものの、えいままよ、ここからが本番だ。手にした金づちを振り上げ、意気揚々と振り下ろした。

ガツッ！　と音がして、小鉢が真っ二つに割れた。

（こ……こんなはずでは……）

真っ青になった私のところへ、縁先から母が目を三角にして飛んできた。

「何してんのんなあんたは、この忙し時に！　そんなんしたら割れることぐらい、ちょっと考えたらわかるやろ、阿呆（あほう）！」

まあまあまあ、と祖母が割って入り、

「由佳ちゃん堪忍な、おばあちゃんが悪かったわ。『それで何するつもりなん？』って、先に聞いたげたらよかったなあ」

そんなふうになだめてくれたが、私は何重ものショックと恥ずかしさで顔が上げられなかった。母から理不尽に叱られた経験ならいくらもあるけれど、この時の一件に関しては何の恨みもない。一〇〇％、私が〈阿呆〉だった。

おかげでこの時以来、先のことをちゃんと考えた上で行動できるようになった――と言えたらいいのだが、そうはならなかった。二度の離婚を例に挙げるまでもなく、私はいまだ世間に胸を張れるくらいの阿呆で、先のことを考えて今を決めた例しがない。

真空パックの「サトウの切り餅」が発売されたのは、昭和四十八年（一九七三年）のことだ。西川峰子（にしかわみねこ）の歌う「あモチモチモチモチモチっと♪」のコマーシャルとともに、またたく間に大ヒットした。

画期的、いや、革命的な大発明だった。日本の食生活を変えたと言っても過言ではないかもしれない。それまではどうしてもすぐにカビてしまって長期保存の利かなかった餅が、正月だけでなく一年じゅう食べられるものになったのだ。

やがて兄たちが順番に家を離れてゆき、つき手のいなくなった臼と杵は、当時通っていた阿佐谷（あさがや）の教会に寄付された。お餅は、我が家においても、買うものになっていった。

それから数十年たった今、うちのお雑煮は可能な限り丸餅を使うものの、味のほうは元旦から昆布だしのおすましだ。私と〈背の君〉、共通の祖母を持つ身であるからして、育った家は別々でも馴染んだ味は同じなのだ。

おまけに二人とも餅好きだから、冷蔵庫には常にパックの切り餅が用意してあって、小腹が空くとしょっちゅう磯辺巻きをおやつに食べる。

ふくらんだところに醤油をつけて再び炙り、こがこがと香ばしい匂いのお餅にパリッと新鮮な焼海苔を巻きながら、ふと、開け放たれた縁側の冷たくて清冽な空気を思い出す。

今暮らしている土地の冬は、あの頃の東京よりもなお寒い。

初めてもらった（ことを記憶している）お年玉は、母方の祖母からの五百円札だった。小学校に上がるより前だった気がするから、もしかすると例の小鉢をかち割ったお餅つきと同じ年だったかもしれない。

ポチ袋に毛筆で、高いところから小さな丸い玉が落っこちている絵を描いて、

「はい、落とし玉」
と渡してくれた祖母は、
「おばあちゃんが今住んでる大阪のあの家な。昔あっこを買うた時は五百円やってんで」
と笑い、私はそんなすごい大金をもらったのかとドキドキしながら母にそれを見せた。青い五百円札はずいぶん長いこと、陶器でできたこけしの貯金箱の中で唯一のお札として存在感を放っていた。

試しに調べてみると、お年玉の相場はいまだに、小・中・高校生とも五十年前と変わっていない。意外なようだけれど、今の世の中、大卒の初任給だって私の頃とほとんど変わらないのだから、お年玉の額だけがべらぼうに増えるほうが変かもしれない。

うちは近くに親戚がいなかったので、お年玉のスポンサーは基本的には親だけだった。年の離れた兄たちが働くようになると、額がほんのちょっと増えた。

中学三年の時だ。親と兄からもらったお年玉と、それまで頑張って貯めたお小遣いを合わせたら、貯金箱の中身が生まれて初めて一万円を超えた。

血が沸き立つほどわくわくしながら、学校帰りや休みの日にしょっちゅう寄っていた吉祥寺のモデルガン・ショップへ行って、それまでずっと欲しかった、けれどもいつも眺めるだけだった一挺（ちょう）を手に入れた。

コルト・シングルアクションアーミー。西部劇でおそらく最もよく登場する、装弾数六発のシンプルな拳銃だ。

隣に飾られていたスミス&ウェッソン、それも麗しい唐草模様の彫刻が施されたワイアット・アープ・モデルにもすごく惹（ひ）かれたけれど、とうてい手が届かず、むしろ質実剛健なほうがかっこいいと思い直してやはりコルトを買った。中古だったのでこちらは予算内だった。

弾は装填できるし撃鉄も起こせる、引金も引けるがもちろん発射はされない。エアガンでもなければ発火式でもない、ただ持ち重りを確かめたり、撫でさすって愛でたり、手製のガンベルトとホルスターを腰にさげて一人で早撃ちごっこを愉しんだりする他はまったく役に立たない。中学生女子の趣味としては物好きな部類に入るかもしれない。

じつは当時、授業中に隠れて書いていたオリジナル小説は、大好きな西部劇にならって開拓時代のアメリカ西部を下敷きにしていた。主人公の男は〈アレス・ジェフリー〉二十六歳、白人と草原インディアン（当時はネイティヴ・アメリカンという呼称はまだなかった）との間に生まれた混血、という設定だった。肌は濃い赤銅色、瞳の色は鮮やかなブルー、背中まで届く髪は太陽に光り輝く黄金色、いま考えるとメラニン色素はどうなっているのやらツッコミどころ満載の人物ではあるけれど、それはともかく彼が自らの命を預けている拳銃というのが、このコルト・シングルアクションアーミーなのだった。

吉祥寺からバスに揺られて帰る道々、私は有頂天だった。見た目はもとより重さまで正確に再現してあるそれを手にするだけで、はるか遠い開拓時代と、自分のいるこの世界とがつながる気がして胸が高鳴った。

ところが、である。

母は——（これまで読んできて下さった皆さまにはおそらく容易に予想がつくと

思うのだけれど）――私が買ってきたモデルガンを見るなり、えらい剣幕で怒りだした。

「いったいナンボしたん、それ」

「……中古で八千円」

「阿呆！　お金の値打ちをなんや思てんの！　なんでそんな衝動買いの無駄遣い……ああもう知らん、あんたにはお小遣いもお年玉も二度とやれへんわ、アホらしい」

言い返せないまま、ぽかんとしてしまった。どうして怒られるのかわからなかった。他のものを我慢して貯めてきたお小遣いにお年玉を足して、ずっと欲しかったものを買う。盗んできたわけでもなければ人に言えないものを買ったわけでもない。母にとっては興味のないものだろうけれど、私はこれが欲しくて欲しくて半年以上もあの店に通いつめ、ようやく買えた今日などは店員さんみんなから祝福の拍手をもらったほどだった。その晴れがましさ、幸せにふくらんでいた気持ちがみるみる萎（しぼ）んで、入れかわりに不平不満が頭をもたげてくる。

無駄遣いと言うのなら、と胸の裡で思った。お母ちゃんが夏頃に買ってきたファンシー文房具はどうなんだ。プラスチック製のやたらとデカい海賊船の甲板に、髭(ひげ)を生やした色とりどりの乗組員が並んで挿してあって、それぞれを指でつまんで持ち上げると、腰から先が鉛筆だったり消しゴムだったりハサミだったり定規だったりするやつ。買ってくるなり「ええやろぉ」と見せびらかしていたけれど、必要な文房具くらいはとっくに我が家にあるわけで、かさばるだけの海賊船は今や乗組員の何人かが消息不明のまま部屋の隅で難破船と化している。衝動買いの無駄遣いとはああいうののことを言うんじゃないの？

……と、思いはしても、例によって言葉にはできない。

ひっそりと無口なまんま夜になると、帰ってきた十歳上の兄が、コタツの上にあったその拳銃を見るなり、怪訝(けげん)な顔で言った。

「何、これ」

「由佳が今日買(こ)うてきてんわ」

と母が苦い顔で答える。

そのとたん、

「うっそぉ、カッチョええ〜!」

兄は私が飛びあがるくらいの大声で叫んだ。

「え、ほんとに由佳が自分で買ったの? お年玉で? さーすが俺の妹、シッブい趣味してんなあ。いいじゃんいいじゃん俺にも貸してよ、早撃ちの練習しようぜ!」


——あのとき十五だった私に伝えてやりたい。

あんたが今書いてる小説や、それにちなんだモノへの思い入れは、ずっと大事に守っていっていいものなんだよ、と。

赤銅色の肌にブルーの瞳を持つ、ナヴァホ族と白人との混血青年が登場する物語は、それから十八年の時を経たのち、『翼』という長編小説へと姿を変えて世に出ることとなった。かつての〈アレス・ジェフリー〉とは髪の色も違うし、時代や筋書きもまったく異なるけれど、核になるものは変わらない。自身のルーツを思うたび、両方の側に属すると同時にどちらの側にも完全には属せない、自分が何者かわからないでいる人間の哀しみだ。

さらに言えばあの頃の望みを叶えて小説家になった私自身、かつての癖がいまだに抜けない。これまで書いてきたほとんどの作品に、それぞれにとっての〈コルト・シングルアクションアーミー〉がある。

『野生の風』でアフリカを描いている時は、現地で手に入れたライオンの牙を握って彼の地に思いを馳せるよすがにしたし、サハラを舞台にした『遥かなる水の音』ではそれが〈砂漠の青い貴族〉ことトゥアレグ族の古い三日月刀だった。『風よ あらしよ』で明治から大正時代を描く間は、ちょうど百年前の精工舎製置き時計をそばに置いて毎日ねじを巻きながら書いていた。それら一つひとつが、物語とここにいる自分とを結びつけてくれる特別な装置だったのだ。

自分が偏愛する世界への憧れこそが、私をここまで連れてきてくれた。

たとえ誰に邪魔されようとも、大好きなものを「大好きだ」と言える自由——それより素晴らしいものは、この世にそうないんじゃないかと思っている。

視力はめっきり落ちたけど、
聴力となぜか食欲は
若い者に負けない銀爺。

お重におせちを詰めたのは、
人生で一度だけ。
それ以外は"気分"で愉しくやっている。
この時とばかりに器たち。

100年前の本物の三日月刀と、
150年前のものを模した銃。
でも銃は、私の手元で約半世紀。

大正時代の精工舎の時計は、
澄んだエメラルドグリーンのガラス製。
平塚らいてうや伊藤野枝のいた『青鞜社』にも
こんな時計が飾られていたんだろうか。

如月

February

人は、きっかけひとつで変われる。
それはもう不思議なほどだ。

如月

マンマンデーの娘

「こちら、新宿駅南口前です。昨夜から降り続く雪のため、首都圏の交通は麻痺し、駅構内にはこのとおり、電車を待つ通勤客があふれています……」

ビニール傘をさしたリポーターがひどく深刻な面持ちで声を張る時、画面の後ろに映し出されている積雪量はまあたいてい五センチから十センチほどである。豪雪地帯に住むひとたちからすれば、笑止、といったところかもしれない。

何しろ東京は雪に弱い。このあいだ乗ったタクシーの運転手さんが言っていた。

「アタシらは仕事だから必ず冬用タイヤに履き替えますけどね、このへんの一般の車はよっぽどのことがない限りノーマルのまんまでしょ、へたすりゃ溝なんかすり減っちゃってつるっつるでさ。そうしたとこへほんの数センチでも雪が積もったらちょっとした坂道が上がれなくって……や、怖いのはこっちなんですよ、信号待ちの間に前の車がずずーっと下がってくる。かと思や、交差点でざざーっと横滑りして突っ込んでくる。よけようがないもんねえ、もらい事故がいちばん怖いよ」

前にも触れた通り、私が子どもの頃の東京は今よりずっと寒かった。とくに二月にはしばしば大雪が降った記憶がある。

と書いたものの本当かどうか気になったので調べてみると、やっぱりそうだ。気象研究所の学者さんが当時記した論文（伊東彊自「東京の雪」一九五六年）にある積雪記録を見ても、一位から五位までが二月に集中している。

第一位は、明治十六年（一八八三年）二月八日の四十六センチ。

第三位は、昭和十一年（一九三六年）二月二十三日の三十五・五センチ。

第五位が、同年二月四日の三十一・五センチ。

……ちょっと待てよ。

じつは私は今、阿部定を主人公に据えた小説を書いているのだけれど、彼女が愛人・石田吉蔵の局部を切り取って持ち去ったのは昭和十一年五月のことで、その三ケ月前には〈二・二六事件〉が起こっている。陸軍の青年将校たちがクーデターを起こし、大蔵大臣の高橋是清など要人らの寝込みを襲って惨殺、諸官庁や新聞社を占拠して立てこもった事件だ。血の惨劇が起こったその日、東京の街にはしんしんと雪が降り積もっていた。

先に挙げた積雪記録には、こうある。

第十四位、昭和十一年二月二十六日、二十一・八センチ。

事件当日だ。

それらの事実から読み取れるのはつまり、これまであの事件に材をとったドラマや映画などに必ず描かれてきた街じゅうを覆う雪は、ただ二月二十六日の朝に降りましたというだけではなくて、それに先立つ二月四日と二十三日とにそれぞれ三十センチ以上の記録的積雪があった後、さらにその上から降り積もった雪だった、ということだ。

日々の気温も今より低いから、大通りでもない限りそうは溶けなかったろう。狭い道ではきっと、路肩にけっこうな量の雪の壁が積み上げられていただろう。頭に血ののぼった青年将校と詳しいことを何も知らされていない兵士たちが、寝静まった大臣らの家屋敷へと荒々しく踏みこむ時、庭先の雪などは真新しくて相当深かったのではないだろうか。膝どころか、腰まであったのでは……。〈昔の東京は今よりどっさり雪が降った記憶がある〉というところから、あまりいいかげんなことも書けないので調べてみたおかげで思わぬ拾いものをしてしまった。物語の大筋にはさほど関係なくても、承知しているのといないのとでは脳内に広がる景色に大きな差が出てくる。

小説と真面目に取っ組み合っていると、たまにこうした僥倖（ぎょうこう）に行き当たる。探しているつもりすらない時に限って、貴重な資料が向こうから飛び込んでくるのだ。不思議なものである。

私自身がこの身体で記憶している大雪といえば、昭和五十年（一九七五年）二月に降った雪だ。

小学四年生だった。当時、練馬区石神井公園の近くに住んでいた私は、その朝いつもより少し早めにオーバーを着込み、ランドセルをしょって〈富士街道〉というバス停に並んでいた。

しかし、西荻窪駅行きのバスがちっとも来ない。七時十七分の関東バスも、三十一分の西武バスも来ない。そのうち、前後に並んでいる大人たちの話から、どうやら雪のためにバスの運行が止まってしまっているらしいと知った。

どうしよう。吉祥寺駅行きが来るバス停へ移っても、どうせそちらのバスも来ないに違いない。このままだと遅刻してしまうのは確かだけれど、とにかく頑張ってたどり着きさえすれば、先生も事情をわかって下さるだろう。

私は歩きだした。風の吹きだまりなど深いところでは二十センチほども積もった雪を、長靴で一歩一歩踏みしめて、次のバス停へ、また次のバス停へ、できるだけ速く歩く。つま先がかじかんで痛い。ほっぺたの感覚はなくなり、耳もちぎれそうだ。

それでも、〈早稲田高等学院〉前のバス停を過ぎ、四十分くらいかけて上石神井駅にさしかかる頃には、ランドセルの背中にぐっしょり汗をかいていた。立ち止まると冷えるので、そのまま歩き続ける。

関東バスの営業所を過ぎ、広々とした青梅街道を渡る。太陽がだいぶ昇ってきたおかげで道路の雪はきらきら輝きながら少しずつ溶け始めていたが、動いているバスはまだ見ない。近道なんてわからないから、遠回りでもいつもの路線を忠実になぞってゆく。

西荻窪駅を過ぎ、五日市街道や井の頭通りを渡って、ようやく学校が見えてきた頃にはへとへとだった。ほとんど八甲田山(はっこうださん)・死の彷徨(ほうこう)、といった足取りで小学校の玄関にたどり着き、下駄箱から上履きを取り出す気力もなくへたりこんでいたら、通りかかった理科の先生が慌てて駆け寄ってみえた。

教室には、クラスの半分ほどの児童しか来ていなかった。ほとんどの子がバスや電車で通学しているのだから無理もない。結局のところ授業は行われないまま、電話連絡網で家々に報せが回り、ようやく交通機関が息を吹き返したお昼前に、今日は皆さんおうちへ帰りましょうということになった。

ここまで三時間くらいかかってやっとの思いでたどり着いたのに、学校での滞在はたったの一時間。さっき自分が苦労して歩いてきた道を、バスは逆方向へとすいすい走ってゆく。

けれど私は、それを虚しくは感じなかった。最後部のお気に入りの席から眩しすぎる外を眺めながら、何やらぽっかりと朗らかな気持ちで揺られていた。

今になって言葉にするなら、〈達成感〉だったろうか。そこに少しの〈優越感〉も混じっていた気がする。

だって、同じバスに乗っている人たちはたぶん、たった今通り過ぎた整備工場の隅っこに可愛い柴犬がつながれていることを知らない。あの青い屋根の家の庭に見事な南天が実っていることも、こっちの平屋にはおばあさんが住んでいてにっこり挨拶してくれることも。自分の目で間近に確かめた世界が、昨日まではまるで違って見えるのが嬉しかった。

家に帰り着き、本日大活躍だった長靴を脱ぐ。

玄関まで出てきた母があきれた顔で、

「朝、バスが止まってた時点で帰ってくるやろ普通」

と、至極もっともなことを言った。

❄

〈通学のためのバスが動いていないのなら、とりあえず家へ引き返そう〉

という選択肢は、四年生だった私の頭にはまったく浮かばなかった。バス停から家までたったの三分くらいなのに、歩いて三時間もかかる（ということは実際に歩いてからわかったのだが）学校めざして、ずんずん突き進んでしまった。山でちょっとでも迷ったらたちまち遭難するタイプかもしれない。

でも、当時の私にとって学校とは、とにかく行くところだったのだ。万難を排して通わねばならない場所だった。

無理なく楽しく通えてはいたのだが、それはそれとして、休むということに対してはかなり強い罪悪感があった。小学一年生から高校を卒業するまでの十二年間、うっかり寝坊しての遅刻やたまの発熱による欠席はあっても、ズル休みをした例しはただの一度もない。そんなことなど思いつかないくらい、見つかって母親に叱られるのが怖かった。

膝まで埋まるほどの雪をかき分けて三時間歩き続けた娘の話（いくらか盛ってある）は、その後しばらくの間、母のお気に入りの一つ話となった。同級生のお母さんたちと一緒になれば必ず、

「この子、ほんまアホでっしゃろ？　バスが来えへんのやったらいっぺん家へ帰ったらええのに、黙ぁ〜って学校まで……ほんですぐ下校」

大阪弁で大袈裟におどけながら謙遜してみせ、そのじつ、

「由佳ちゃんは頑張りやさんだから」

などと褒めそやされれば、なぜか母のほうが得意げなのだった。

もうひとつ、学校にまつわる雪の日の思い出がある。小学二年生くらいだったろうか、定かではないのだが、朝からみぞれまじりの冷たい雨が降っていた。学校が休みの日であることに気づかずに母は私を送り出し、私もまったく疑わずバスを乗り継いで登校したところ、小学校の玄関ドアは施錠されていた。

びっくりして、校舎をぐるりと回り、グラウンドに面した教室のドアを押したり引いたりしてみた。どれだけ試しても、学校じゅうのすべての出入口ががっちり閉

まっている。

その時点でおかしいと思わないものだろうかと、いまだに不思議でならない。いくらいつも通り「行ってきます」「はい行っといで」と母が送り出してくれたからといって、七、八歳程度の頭があれば、普通は根本的なことを疑ってかかるものじゃないだろうか。

でも、その日の私は違っていた。これはきっと、学校じゅうのみんなが何か特別な事情でどこかへ移動しているのだと思いこんでしまったのだ。

想像力がたくましすぎるのが禍(わざわい)したのと、あとは、例によって自分が終礼の時に他のことを考えていて、先生の大事なお話を聴き逃してしまったに違いないと判断したせいもある。とくに後者は大いにあり得ることだった。

仕方がないので、ここで待っていればそのうち誰か通りかかるだろうと思い定め、校舎と礼拝堂との間をつなぐ渡り廊下にランドセルを置き、しゃがんで膝を抱えていた。雨が凌げるというだけで左右は吹きさらしだから、寒くて寒くて、立ったり座ったり足踏みをしたりして頑張るしかない。

ほんとにみんなどこへ行ったんだろう。今日が全校児童の遠足だったりしたら、今頃はみんな何台ものバスに乗って遠くへ……？　それとも、何か危険が迫っているとわかって急いで避難したのだったらどうしよう。もしかしたらゆうべ観たテレビみたいに、怪獣がこの街に近付いているのかもしれない。

もしそいつがここに現れたら、走って逃げるのと物陰に隠れるのとどちらが……などとあれこれ想像しては怖くなったりしながら、二時間くらいは待ち続けたのじゃないかと思う。

とうとう、寒さより何より尿意を我慢しきれなくなり、傘をさしてグラウンドの隅っこへ行くと、冬でも青い大きな椿（つばき）の木陰でパンツを下ろし、半分べそをかきながら用を足した。足もとから立ちのぼる仄（ほの）かな温みに、かえってこの世界にひとりぼっちで取り残されている心細さが衝（つ）き上げてきて、もう一秒たりとも待っていられなくなった。帰りに乗り込んだバスの座席、お尻の下からの暖房があれほど嬉しかったことはない。

この時は、母もさすがにしまったと思ったらしい。

「うわぁすまん、堪忍。今日が休みやったなんて、お母ちゃんすっかり忘れとった。せやけどあんたも、行ってみて誰もおらんかったらすぐ帰って来たらええのに、アホやなあ。物事ちょっとは自分の頭で考えなあかんで」

いやもう、ほんまそれ、としか言いようがない。

でも当時の私にとって、自分の頭の使い途(みち)といったら、空想方面にしかなかったのだった。

母はよく、私のことを「マンマンデー」と評した。今ではもうほとんど死語だろうが、あの当時はけっこう通じた。もとは中国語の「慢慢的」、つまり〈ゆっくり〉〈のんびり〉あるいは〈ぐず〉といったニュアンスの言葉だ。

実際、幼稚園の頃の私は泣き虫で病弱で偏食で、口癖は「待って」だった。小学校に上がってからも、かけっこはたいていビリだったし、アリンコの行列などよけいなことに気を取られてはよそ見しているので、クラスのみんなのずっと後ろから慌てて靴の踵(かかと)を踏んで「待って、待って」と追いかけるような子どもだった。

けれど、たしか四年生の時だったか、学校の体育に長距離走が取り入れられると、とつぜん学年の上位に食い込めるようになった。自分がいちばんびっくりした。瞬発力勝負のスポーツは相変わらず不得手ながら、持久力を要するものには向いていたらしく、何よりその事実をはっきり自覚できたのが良かったようだ。そのあたりからスポーツ全般への苦手意識が薄くなり、むしろ身体を動かすことが好きになって、大学ではとうとう体育会洋弓部に入るまでになった。

身体の能力を支えるのは、結局のところ自信であり自尊心なのだ。きっとやれると思わなければ、できるはずのこともできない。自分にはそれなりの体力と根性がある、と思えなかったら、それこそあの大雪の日も、学校まで歩こうなどという発想そのものが生まれなかっただろう。

人は、きっかけひとつで変われる。それはもう不思議なほどだ。

ちなみに母は——しばしば娘の手柄をぶんどって自分が得意になったりもしていたあの母は、しかし、私が「マンマンデー」であるのを本気で咎(とが)めたことはほとんどなかった。

「小学校の入試面接でうち、先生に言うてんで。『娘は、誰かを蹴落として自分が勝つなんて考えたこともない子です。競争社会にはまるで向いてません。せやけど、のんびり・おっとりしてるのんがあの子のええとこで、その持ち味を伸ばしたりたいからこそ、この学校に入れたい思たんです』って」

子どもだった私の自信と自尊心を、褒めておだてて伸ばしてくれたのも母なら、せっかく育ったそれを気まぐれに取り上げてへし折ってくれたのも母だった。

不思議、と言うなら、いまだにあのひとこそ不思議でならない。

窓から眺める氷柱。
サーベルタイガーの口の中にいるみたい。

後悔先に立たずのサスケと、
リスクは全部回避するフツカ。

認める。
私は、寂しいのに弱い。

弥生

March

弥生

春にゆく

陽射しは柔らかくほどけているのに風だけはまだ少し冷たいこの時季、思い出が次々に押し寄せてきて心が乱れる。私にとって春は、愛別と後悔の季節だ。

南房総の実家を訪ねてみたら、父が倒れて亡くなっていたのも。

翌年、愛猫もみじを闘病の末、十七歳と十ヶ月で見送ることとなったのも。

さらに翌年、もう誰の顔もわからなくなった母が眠るように逝ったのも。

――まるで示し合わせたかのように、桜の前後のこの季節だった。

もみじに関しては、口の中にできた悪性の腫瘍にどうしてもっと早く気づいてやれなかったのかという自責の念もさることながら、じつはもう一つ、拭い去れない後悔がある。

あの頃もみじは、ほぼ三週間に一度、全身麻酔による切除手術をしてもらっていた。取っても取っても再発する腫瘍をそのままにしておけば、転移して顔が腐っていってしまう。おなじみ凄腕（すごうで）のインチョ先生のおかげで、毎回手術の翌日には自力でごはんを食べられていたから、とにかく少しでも苦痛のない状態で生きながらえて欲しいと、できることはほぼ全部してもらっていた。

結果的に最後の手術となった日の真夜中、あやうく呼吸が止まりかけたもみじが間一髪のところで息を吹き返し、酸素吸入と点滴を続けてもらいながら病院で夜明かしした時のことだ。自宅から駆けつけて処置して下さったインチョ先生と、お互いに様々な打ち明け話をするうち、ふと二番目の夫が残していった負債の話題になって、私はつい苦笑まじりに愚痴をこぼしてしまった。

「まったく、よりによって人生でいちばん経済的にしんどい時に、もみじの病気が重なっちゃって……」

緑色の手術台の向こう側にインチョ先生。こちら側に私と背の君。そして真ん中には、おなかに湯たんぽをあてがわれたもみじ。横たわったお腹が、呼吸のたび頼りなく上下していた。

彼女が息を引き取ったのは翌日の夕方だった。住み慣れた自宅の寝室で、私たち二人だけに見守られた静かなしずかな旅立ちだった。

どうしようもなかった。彼女にあれ以上頑張ってもらうのは無理だった。あそこまで生きてくれたことが奇跡だった。

それは重々わかっていて、それでも、どうしても考えてしまうのだ。あの晩の私のくだらない愚痴は、もみじの耳にも聞こえていたんだよな。彼女はもしかして、私のためを思って幕を引くことにしたんじゃないのかな、と。

おそらく誰に話しても苦笑され否定されるだろうけれど、あの痛恨の一言は、この先もずっと私の胸の奥底に残り続けるのだろう。

父に対する後悔は、三つある。小さいのが一つと、大きいのが二つだ。

小さいのは大昔、私が小学四年生の春の出来事だった。若くして結婚した上の兄夫婦の家へ、ある日曜日、妹の私だけが遊びに行くことになっていた。道はもう覚えていたから本当は自分で歩いて行きたかったのに、女の子が石神井公園の森をひとり歩くのは危ないからと母に言われ、父が自転車の後ろに乗せて送り届けることになった。

私は父と交渉して、「公園の出口まで」との約束を取り付けた。けれど自転車は森を抜けても止まらない。

「ここまで来たらもうすぐやし、自転車のほうがうんと速いぞ」

それはそうだけど、話が違う。あたしはひとりで、自分ひとりで歩きたいのに

……！　父の背中を拳でぽかすか殴り、

「下りる！　やだ、止めて、止めてったら！」

大声でわめいて、道行く人がふり返る中、とうとう下ろしてもらった。父は戸惑い、いくぶん傷ついたような顔で私を見おろしていた。

ぷりぷりしながら、もうすぐそこのアパートを目指す私の背中を、父は竹林の横に自転車を止めたままいつまでも見送っていて、私はふり返るたび「もう帰ってよ！」と叫んだ。そのくせ、やがてあきらめて手を振った父がこちらに背を向けて自転車を漕ぎ出すと、罪悪感と心細さで泣きそうになった。

いったい何があんなに嫌だったのだろう。父とはずっと仲良しだったのに。反抗期の記憶というものが、私にはまったくない。母に対しては口ごたえ一つ許されなかったぶん、あれはおそらく父へのささやかな反抗であり、裏返せば甘えの発露だったのかもしれない。道の傍らに広がる竹林に、細長く白っぽい葉がとめどなく散っていた。ずいぶん後になって、「竹の秋」が春の季語であることを知った。

それから五十年ほどが過ぎ、最後に会った時の父も、庭の竹藪(たけやぶ)のそばに佇んで私と背の君を見送っていた。母はすでに施設に入り、独り暮らしになった父のもとへ私たち夫婦が行って年越しをしたのだった。

「俺が軽井沢へ行って一緒に暮らす、というのは、どうなんやろうかな」

父がそう口にしたのは、その正月だった。めったにそんな気弱なことを言いだすようなひとではなかったのでびっくりした。

そうしたいけど現実的に考えて難しいと思う、と私たちは答えた。もともと写真スタジオだった我が家は広いわりに普通の部屋の数が少ないし、何しろ南房総に比べると軽井沢はあまりに寒い。それよりは、私たちが月の半分ずつでもこちらと行き来して一緒に過ごすほうが現実味があるよ、と。

「そうか。わかった」

と言ったきり、父は黙った。

落胆の色は明らかだった。前に二番目の夫が突然、「いつか軽井沢にマンションを用意してお義父(とう)さんたちに来てもらおうと思ってるんですよ」と言い出したことがあって、そのとき私は正直、そんなお金がどこから湧いて出るんだと思いながら否定もできずにいた。彼とはその翌年別れたのだったけれども、父はあれ以来ひそかに楽しみにしていたのだ。いたたまれなかった。

次に訪ねていった時、父はトイレの床に倒れていて、すでに冷たく硬くなっていた。私たちが着くほんの二時間ほど前の出来事だったと、行政解剖の結果わかった。

どうして父が一緒に暮らしたいと言ったあの時、たとえ嘘でもいいから答えておかなかったのだろう。「大歓迎にきまってるやんか。できるだけ早(はよ)う準備を進めるね」と。

それにもう一つ、サプライズで突撃訪問なんて下らないことを考えるより、前もって「今日これから行くで」と伝えていればよかった。そうすれば父はきっと、娘が来るのを楽しみに待ちながら逝くことができたはずなのだ。

大人用おむつもズボンもすべてきっちり引きあげた上で倒れたので、トイレの周りはいっさい汚れていなかった。白いごはんと塩昆布だけの昼餉が、食べかけのままテーブルの上で冷えていた。


もみじや父に比べると、母に対する後悔は、これがまあ不思議なくらいに在庫がない。強いて言うならば、すっかりボケてしまう前にいっぺんくらい腹を打ち割って話しておくのだったな、といった程度なのだが、

「無理にきまっとるやんけ」

と、背の君はあっさり言う。

「相手誰や思てんねん、あのキミコ伯母ちゃんやで？　お前に何をどんだけ言われたかて、自分のアヤマチを認めるわけがないやろが」

まったくもってその通りなので、これに関してはもう、私の側が今さら悔やんだり、ましてや本音で話さなかったことを申し訳なく思ったりする必要はないのだな、

と思い直す。いささか荒っぽい彼の言葉は、いつも私をざっくりと救ってくれる。

若い頃の私は母の干渉と支配がほんとうに苦しくて、なんとか独り暮らしのできる大学へ、できれば北海道くらい遠くへ行きたかった。でもこれには母以上に父が強く反対し、結局は推薦でそのまま池袋の大学へ進むことになった。

高校の卒業式翌日から、両親と三人、四国へ旅行に出かけた。父の知人の案内で、まだ工事中だった鳴門（なると）大橋を船から見上げ、大渦潮を間近に覗きこみ、人形浄瑠璃の細工師さんのもとを訪ねた。鰹（かつお）のたたきに舌鼓を打ち、太平洋の荒々しさに胸を揺さぶられ、桂浜（かつらはま）では龍馬（りょうま）の銅像に見下ろされながら貝や小石を拾った。

来月から大学生になるのだからと、母が自分のポーチを取り出して化粧を施してくれたのだけれど、人工的な化粧品の匂いと口紅の油臭さに我慢ならず、ごめん、とすぐに洗い落としてしまった。

「なんやのよ、せっかくしたったのに」

いくら母がへそを曲げたところで無理なものは無理だった。自分はこの先、社会人になっても絶対お化粧なんかしない、と思った。

のちには仕方なくするようになったし、今も人に会う時だけ眉毛と目くらいは描くものの、化粧を楽しいと思ったことがない。
「姉ちゃんはすっぴんがいちばん可愛らしで」
と臆面もなく宣う背の君のおかげで、毎日ほぼヘチマコロンとニベアだけで過ごしている。家でできる仕事でよかった。

旅の最後は岡山だった。「長島（ながしま）」という小さな島に、昔から有名なハンセン氏病患者のための施設があって、兄たちが生まれるよりも前、父は一時期そこで職員として働いていたそうだ。単身での契約だったところを、いきなり身重の妻を連れて赴任したものだから、先方が慌てふためいて家族寮を用意してくれた、というエピソードを初めて聞かされた。

そしてその時、ついでのように打ち明けられたのが、じつは母はもともと父の兄の妻であった、という耳を疑うような秘話だった。終戦後、四年間のシベリア捕虜生活を経て帰国した父は、実家ではとうに死んだものと思われていたらしい。そうこうするうちに一つ屋根の下で義弟と兄嫁とが恋仲になってしまい、とうとう駆け落ちして結ばれたというのだ。

「……は？　何それ」

「知らんかった？」

「聞いてないよ！」

若き日の両親がかなり無茶苦茶だったことに呆れはしたものの、さほど嫌な感じはしなくて、へえ、お父ちゃんやるじゃん、というのが率直な感想だった。と同時に、自分はこのひとたちの来し方をほとんど何も知らないのだということに気づかされ、親というものが急に遠く思えたりもした。

かつての同僚の一人がまだ島にいて、その人の家に泊まらせてもらった。庭先に転がっていた吹きガラス製のブイを私がしきりに羨ましがっていたら、後になってわざわざ三つも送ってくれた。

その一つは、今も我が家の玄関にぶら下がっている。深い碧色（みどりいろ）のガラスが朝日に透けるのを見上げるたび、あのとき旅の途上で眺めた海の色を思いだす。

海は、一日の間にも色を変えた。夕刻、砂金をちりばめたように輝く大海原を高台から見渡した時、こんな巨(おお)きな景色を毎日眺めて暮らせたら、と焦がれるように思った。

たった十年後、まさか自分が最初の旦那さんとともに太平洋のそばで暮らすことになるなんて、あの時の私にはまだ想像もできなかった。

✿

一年前の春、「記憶の歳時記」と題して季節ごとの思い出をあれこれ書こうと思いたった当初は、たとえば八月だったらいつかの海水浴かキャンプ、十二月ならクリスマスや大晦日(おおみそか)、などといった具合に、まったく単純に考えていた。

ところが書き始めてみると、予想とは裏腹に、折り合いの悪かった母親があちこちに顔を出すことになってしまった。

当然と言えば当然かもしれない。とくに大人になる前の記憶を掘り起こそうとすれば、そこには必ず母がいて、私をじぃっと見ている。

旅を終え、いざ大学に入ると恋人ができた。十二年間も女子校に通った私にとっては、初めての恋人ではなかったけれども初めての〈彼氏〉には違いなかった。最初に付き合ったのは同じ体育会洋弓部の三年生の先輩で、家も近かったので毎日のように会っていたが、やがて彼が就職して遠距離恋愛となってからしばらくたつと、同学年の男子部員が徐々に距離を詰めてきた。結局、なかなか会えない先輩と別れてこちらと付き合うようになったのだけれど、今度は自分らが就職する番となり、仕事に追われて会う頻度が否応なく減るとともに、私は当時勤めていた塾で数学の講師をしていた同僚に心を移してしまった。のちに最初の夫となる人だ。

認める。私は、寂しいのに弱い。ぐいぐい来る男にはもっと弱い。

先輩も同学年の男子も、最初の夫も二番目の夫も、始まりの時にはけっこう強引に迫ってくるタイプだったが性格そのものは皆それぞれ違っていたはずだ。それなのに、別れ話となるとなぜか全員、私の前で泣いた。

すでに心が離れている相手に目の前で泣かれるほど鬱陶しいものはない。醒めた気分で彼らの姿を眺めながら、いつか自分は手ひどいしっぺ返しを受けるんだろうな、と他人事のように思っていた。私自身は一度も泣かなかった。

どの恋人と付き合っている時も、なぜか待つことは苦にならなかった。花冷えの日、降りしきる桜吹雪の下で二時間くらい震えながら待っていたこともあるし、東京駅の「銀の鈴広場」では、四時間という自己最長記録を打ち立てた。

携帯電話のない時代だから、お供はいつも、読んでは父と取り替えっこする気軽な文庫本だった。ジェフリー・アーチャー、アーサー・ヘイリー、スティーヴン・キング、勝目梓、平井和正、片岡義男……一冊読み切る頃にはさすがに心配になり、相手の自宅や下宿や寮などに電話をすると、寝ぼけた様子でようやく起きてくることもよくあった。

〈それほど逢いたくないなら約束なんかするな〉

と、心の裡では不服だったのに言えなかった。

〈次からは十五分待って来なかったら帰るからね〉

と、言えばよかったのに言わなかった。かわりに、

「いいよ気にしなくて、ちょうど読みたい本もあったし」

などとニッコリしていたら、遅刻はますます頻繁に、派手になっていった。

嫌われるのが怖かった。自己評価の極端に低い私は、そもそも自分のほうが逢いたいのだから文句は言えないと思ったし、とりあえず誰かがこちらを好きでいてくれないことには寂しくて不安でたまらなかった。その人の望むような女に擬態し続けない限り、相手はすぐに離れていってしまうものと思いこんでいた。

高校時代からの親友はきっぱりと言った。

「あんたは男を駄目にする」

彼女は正しかった。その後も私は、関わる男を片っ端から駄目にし続けた。

いくら好き勝手しようが文句一つ言わない女を、男が軽んじるようになるのは時間の問題だ。そんな男には駄目になってもらって一向にかまわないのだが、限りあるこちらの時間が虚しく消費されてゆくことだけは断じて拒否するべきだった。

無理は、しょせん続かない。溜めに溜めこんだ不満はどこかの時点で噴出する。私の場合それは必ず、別の誰かに気持ちが移った時だった。要するに、次なる受け皿を作ってからでないと、男と別れる勇気さえ奮い起こせない卑怯者（ひきょうもの）だったのだ。
――もうずっと、何十年もの間。

どうして自分はこんなに、愛情の確かさや持続性を信じられないんだろうな、と思ってみる。何もかもを母のせいにするつもりはないけれども、私の主たる性格、すなわち、相手を不快にさせまいと過剰に気を遣ったり、相手が黙っていると自分が怒らせたのではないかと先回りして機嫌を取ったり、逆に大声を出されるだけで反射的にごめんなさいと謝ってしまうところなどは、やはり子どもの頃に身についてしまった良くない癖であると同時に、あの母のもとで生き延びるために必要な〈技術〉だったと言わざるを得ない。

私が信じられないのは愛情ばかりではなかった。人からの評価も同じだった。

新人賞を受けて作家デビューしても、ベストセラーになっても文学賞をもらっても、もちろんそのつど嬉しくはあったけれど何かこう、大きく誤解されているのではないかという不安が消えなかった。謙虚というのとは違う。あのころ母親の前で叱られないようにふるまうのが上手だったみたいに、好きな男にさりげなく媚びてみせるのが得意だったみたいに、じつは私には才能なんかろくになくてただ作家っぽく擬態しているに過ぎないのに、いったいどうしてバレないんだろう、いつになったらバレるだろう、そう思えて苦しかった。

不毛な自意識の深みからようやく抜け出せたのは、じつはつい最近のことだ。明治から大正を駆け抜けたアナキスト・伊藤野枝の評伝小説『風よ あらしよ』を書きあげた時、初めて心の底から自分の作品を誇りに思えた。この世に作家は数多いようとも、これだけは私にしか果たせなかった仕事だと、一点の疑いもなく信ずることができた。あとから栄誉ある賞はついてきたけれど、たとえ他者からの評価がなくとも、私は私を認める気満々だった。

畢竟、落とし前は自分でつける以外にない、ということなのだろう。

あれほど疎ましかった母は、最晩年、もう周りのことも自分のことも何もかもわからなくなって、信じがたいくらい可愛いお婆ちゃんになった。私のスマホには、淡い春の日に彼女と交わした、まるでこの世のものではないかのような会話が記録されている。

「たつりがかたいなあ、お尻がぴんぴんする」

「たつり？　って、何のこと？」

「かたーいてんぼのまるみにゅう」

「うーん、わからん。ごめん」

「かわいいもんもりさん」

「可愛いのはお母ちゃんやで」

「おだいてって。もっととけたい。ひねつくついたら、もいじーる。くりひかも、くりひかも」

今回、四季折々をめぐるエッセイを綴（つづ）ってゆく中で、以前と比べると母のことを書く時の手つきがいくらか変わってきたという実感がある。私にとってそれは、ささやかながら喜ぶべき変化だ。

もう一つ、ここ数年をふり返っての大きな変化はといえば、根っからの恋愛体質だった私がよそ見をしなくなったことではなかろうか。

作家としての私の仕事の窓口を務めてくれている友人は前にも登場したとおりおとちゃんといって、もはや親友というより家族と変わらない存在なのだけれど、その彼女が以前、苦笑しながらこう言ったことがある。

「まったくもう、ほんっとに面倒くさい女だよ」

たしか、私が背の君との間のことで何かしらボヤいた時だった。

心の底からびっくりした。私ほど物わかりが良く、つねに理性的で冷静で男の負担にならない女はいないと信じていたからだ。

「はあ?」と彼女は目をむいた。「ちょっとそれ、本気で言ってんの? 由佳さんはね、そりゃ冷静かもしれないけど、いろいろ拗（こじ）らせてるとこがますます面倒くさいんだよ。それに付き合ってる〈くにおっち〉に感心しちゃうよ」

なるほどたしかに、〈くにおっち〉こと背の君に対してだけは、我ながらあきれるくらいワガママだ。思ったことの多くは我慢しないで口に出すし、甘える時は迷惑を顧みず全力で甘えるし、冷静どころか時には地団駄を踏んで怒りも泣きもする。

ここまで疑いなく自分を預けられる相手は初めてなのだ、というような話をすると、長い付き合いの担当編集者たちはちょっと疑わしそうな顔をして、

「それはそうでしょうけど、でもこれが最後の恋愛とは限りませんよね？」

などと焚きつけるようなことを言う。これまで私が、恋をし、結婚をし、離婚をするたびに新しい小説を書いてきたものだから、二度あったことは三度でも四度でもあり得ると思っているらしい。

しかし少なくとも今のところ、よそで恋愛をしようとはさらさら思わない。従弟であり夫であり万年恋人である彼のまなざしは常にまっすぐ私に向けられているので、わずかな変化でも見逃すはずはなく、浮気なんかすれば一発でバレる。する前からバレるかもしれない。

そうしたら、書けなくなる。そんなつまらないことでこの生活を失いたくないと思うくらいには、毎日が充実しているし、幸せだ。それより何より、今の私は彼のおかげでまったく寂しくないので、よそで恋をしなければならない理由がない。

父と、もみじと、そして母を順繰りに見送った三つの春、そのつど隣には背の君

がいた。父の忘れ形見として我が家に迎えた青磁の心臓が、父そっくりにある日突然止まってしまった時も彼はいてくれた。

もみじの生まれ変わりであるかのようにやってきたお絹や、彼女の産んだ朔とフツカ、最長老の銀次と、銀次が親がわりとなって育てたサスケと楓――彼ら六匹の猫を中心に、無数の熱帯魚や鯉や金魚、年々増え続ける観葉植物、庭の木々や花々など、責任を持って面倒見なければいけない眷属はたくさんいる。

けれども、そうした私たちの「生」を支え、しっかりと結び合わせてくれているのは、これまで二人して見送ってきた者たちの「死」なのじゃないかという気がする。

「死」は恐ろしいものではない。そのことは、もみじが旅立つ時、身をもって教えてくれた。

でも、私は今強く願っている。夫婦二人して、元気に長生きしたい。そしてできるなら、背の君より長く生きたい。

私が先に逝ってしまうと彼がどれだけ塩垂れるかはわかりきっているので、せめて一日でもいいから彼より長く生き延び、こちらが見送ってやらなければならない。そのあとうっかり三年五年十年と長生きするのもやぶさかではないので、昨年などは一念発起して人間ドックを受診したばかりか、その後も三ヶ月ごとに主治医の健康診断を受けているほどだ。

いつか——願わくばずっと先に、もう充分なほど年老いた彼を見送る日のことを想像してみる。春、桜の下だったらなおいい。

そのとき私はきっと、生まれて初めて、男との別れを惜しんで泣く。

誰もいなくなった千倉の実家へ、たまに帰る。
両親の小さな骨や、青磁やもみじや、
要するにみんなを連れて。

その時々の相手を待ちながら
本をたくさん読んだ。
父と交換しては感想を言い合ったのも
今では良い思い出。

掌編小説

我が家の言いぶん

ずいぶん長いこと、あたしは空き家でした。

人間はその言葉を〈いま恋人がいない〉という比喩でつかうようですけど、あたしの場合は違います。空き家と言ったら文字通りの空き家、誰も住んでいないってことです。

まず、そのあたりの話から始めましょうか。

信州軽井沢のこの地にあたしが竣工したのは、一九九三年の秋口——奇しくも、のちにこの家に住むこととなる向こう見ずな作家が、房総鴨川の小さな借家で新人賞受賞の報せを受けたのと同じ頃でした。

広さ百畳・天井高八メートルの体育館みたいなホールと、そこからL字形に延びるウナギの寝床のような宿泊棟。用途は何かというと貸スタジオでした。

ほら、よくあるでしょう。雰囲気のいいお部屋を背景に、まるでそこにホンモノの暮らしがあるかのように撮影された広告、あるいはカタログが。ここはそうした商業写真の撮影を生業とする会社によって、避暑地のハウススタジオとして建てられたのでした。

自分で言うのもどうかと思いますけれど、あたしはとても美しい佇まいの建物でした。外壁は、南側と東側の一部が古めかしい煉瓦張り、残りは真っ白な横板張りで、とくに西の壁面は切妻屋根のすぐ下まで大きな窓が一面に組み合わさり、遠くから望めば教会や学校のように見えたと思います。

湿地を造成しての地鎮祭から足かけ二年もかかった工事の間じゅう、重量のある車両が出たり入ったりしていたため周囲の地面は無惨にもむき出しの状態になっていましたが、まもなく丁寧に芝が張られ、隣家との境にはずらりと背の高い針葉樹が植えられました。この地に特有の濃い霧があたりに立ちこめると、まるでいにしえの誰かの夢にでも迷い込んだかのようでした。

あたしの体の一部である倉庫には、窓まで嵌(は)め込まれた〈壁〉がいくつも衝立のように畳んで詰めこまれていました。ある時はスペイン風の漆喰(しっくい)塗の壁。別の時はロココ調のきらびやかなクロスを貼った壁。またある時は山小屋テイストの板張りの壁……。目的に合わせて選ばれた特大の衝立を背景に、撮影用の家具が配置されるというわけです。窓の外に大きな植物の鉢を置き、太陽光そっくりの間接照明をあて、強力な送風機でカーテンをふくらませたりすれば、誰もその写真がハリボテの壁の前で撮られたニセモノだなんて思いません。それはたしかにプロの仕事でした。

撮影スタッフが大勢泊まり込むので、宿泊棟に並んだ部屋にはそれぞれ二段ベッドが入り、一階と二階を合わせるとバスルームが二つ、トイレは五つありました。仕事の合間にスタッフらはホールでバドミントンなどに興じ、彼らの靴底が木の床にきゅっきゅっとこすれ、にぎやかな声が高い天井にこだまするたび、あたしは深い満足を覚えました。家にとっての最高の幸せは、自分の胎内に暮らす人々が笑っていることなのですから。

……暮らす。

いえ、暮らしはしませんでしたね。あたしも〈家〉ではなくてただの建物でしたし、一年のうち半分ほどは雪が降ることのあるこの土地で、彼らは春から秋にかけてのほんの一時期、撮影のために通ってくるだけでした。残りの期間、とくに寒い冬の間じゅう、あたしはたったひとり、体の中にがらんとした孤独を抱えて過ごすしかありませんでした。屋根の上にも窓の外にも、白くて冷たいものが降り積もり、音という音はすべて吸い取られ、命のほとんどは眠りにつきます。野良猫が生き延びることさえ難しい、それはそれは過酷な冬なのです。

ホールの隅っこには鋳物の薪ストーブがありましたが、格好だけのものなので、火を焚いたら建物ごと燃えてしまいます。認めるのも口惜しいことですけれど、あくまで撮影という目的のために作りあげられたあたしこそは、ニセモノのハリボテでしかなかったのでした。

十五年という歳月が過ぎた頃、オーナーはあたしを手放すことを決めました。いちばんは財政的な事情からでしょうが、もうひとつ、奥方があたしを嫌っていたからでもありました。あたしを、というより、この場所をでしょうか。あたしはそのわけを知っていますけれど、ひとに話すつもりはありません。

まもなく土地と建物はまとめて売りに出され、何組かのお客が不動産屋に連れられてかわるがわる内覧にやってきました。

でも、一人として五分より長く滞在した者はありませんでした。あたしの内部に足を踏み入れるなり、口をぽかんとあけて天井を見上げ、それから首を横にふって、だいたい皆同じことを言うのです。

〈何なんだ、このホールは。いくらなんでも使い途（みち）に困る〉

はじめから期待もしていなかった不動産屋の営業は、まあそうですよねえ、と苦笑しながら、久しぶりに開けた玄関のドアを五分後にはまた閉めて、次なる物件へとお客を案内するのでした。

どれだけ待っても買い手がつかないので、値段は引き下げられて当初の半額になりました。建てた際の費用から考えると三分の一ほどでしょうか。

情けなさに、あたしはひとりになるとこっそり泣きました。空き家なら空き家のままにしておいてほしい。どうかもう、みじめな姿を見に来ないでほしい。いっそのこと誰かの火の不始末で全部燃えて灰になってしまえたらいいのに……。

そうして季節をひとめぐり、またひとめぐりと見送った、ある年の春先のことです。空が見事に晴れわたった日曜日、その女は不動産屋とともにやってきました。一緒に来た男は、後からわかったことですが彼女の二度目の夫で、何をする人かと思えば、何もしない人でした。

ともあれ、玄関の鍵が開けられます。ホールに足を踏み入れるなり、口をぽかんとあけて天井を見上げる……そこまでは他の客と同じでしたが、彼女はなんと、興奮した声でこう宣ったのです。

「何なの、このホール。使い途を考えるだけでわくわくする！」

稲妻のような歓喜が、あたしの全身を貫きました。

「ほら、あの西側の格子窓、まるで教会のステンドグラスみたいじゃない？　こっちの壁には天井まで一面に本棚を造りつけて、真ん中へんの高さにロフトとキャットウォークをめぐらせたら、西洋の図書館みたいに素敵になるよ。きっと他のどこにもない家になる」

ああ、わかってくれる。あたしの美しさ、秘めたる可能性、そしてあたしがほんとうはどんな姿で生きたいと願っているかを、彼女なら黙っていてもわかってくれる。涙が出るほど嬉しかった。

その半面、不安でなりませんでした。

この、気が好いだけでいかにも考えなしの中年女——これまでの人生でどれだけ軽はずみなことをしでかしてきたか、どれほど周りに気を揉ませ、ため息ばかりつかせてきたか、能天気な顔つきを見ただけでおおかたのことは察しがつきます。連れ合いの男はといえば案の定、こんな広い家いらないよ、ホールなんか何の役に立つんだよ、いったい暖房費がいくらかかると思うの、と至極もっともな意見を述べていましたが、彼女にはまったく聞こえないようでした。ひと目見るなりあたしに恋してしまったのは明らかです。

どうしよう……。このまま商談が進んで、いざ土地ごとこの家を手に入れた後でほんとうのことを知ったなら、彼女はいったい何を思うでしょう。

じつを言うと、あたしの膝から下はすっかり水に浸かっていました。雨が降るたび上の斜面から浸み出す水は、本来ならば家の周りの側溝を流れてさらに下の川へと放出されるはずなのですが、長年の間にズレたり詰まったりした側溝を誰も掃除してくれなかったため、溢れた水が流れ込み、今や床下は水浸しどころか沼のようになって、鯉の養殖でもできそうなくらいでした。十数年にわたってシーズン中にしか人が訪れず、直近の数年はほとんど閉めきったまま——その間にゆっくり溜まった水が、床を支える根太をぼろぼろに腐らせてしまっていたのです。

銀行から大きなお金を借り、一生の買い物をした後でこの事実を知ったなら、いくら能天気な彼女でも、なんと馬鹿げた無駄遣いをしてしまったのだろうと後悔するのではないかしら。素知らぬ顔して彼女のものになったあたしを憎むようになるのじゃないかしら……。

そう思うと、心労のあまり電気系統のすべてがショートし、家じゅうの水道管まで破裂してしまいそうでした。

結論から言えば、あたしは見くびっていました。想像していた何倍も、彼女は考えなしで能天気で軽はずみな女だったのです。

土地と家の権利が正式に譲渡されたあと、初めて剝がしてみた床の下が沼なのを知った時、彼女は驚きこそしたものの、あまり動じたようには見えませんでした。

もしかしたらおつむが弱くて事態の深刻さが飲みこめていなかっただけかもしれませんが、ともあれ彼女は地元の工務店と相談の上、まずはポンプで水を吸い出したかと思うと今度はミキサー車を手配して、とうとう一階の全部をコンクリートのベタ基礎で固めてしまいました。床下に水が入り込むのが心配なら、「床下」そのものをなくしてしまえ、というわけです。

ついでに、宿泊棟のバスとトイレの多くを撤去し、細かく分かれていた各部屋の壁を抜いて一室にまとめ、そして最初に望んだとおり、大工さんに頼んでホールの壁一面に天井までの本棚を作ってもらいました。

あたしは、終始はらはらしながらこれらの変化を感じとっていました。自分の体がどんどん風通しよく健康になってゆくのはわかりましたが、この新しいあたしのオーナーときたら、経済観念が無茶苦茶なのです。貯金があるわけでもないくせに、そして昔に比べて本の売れ行きはかなり落ちているくせに、通常の住宅購入ローンばかりか、ハリボテのハウススタジオを〈家〉へと作り変えるため、追加の借り入れをしてケロリとしているのです。

「まあまあ、借金も財産のうちだから」

というのが、相変わらず能天気な彼女の言いぶんでした。

ただ、この改修工事は、一階の居住スペースがひととおり調ったところでいったん中断されることとなりました。二〇一一年三月、未曽有の地震と津波がこの国を襲い、あらゆる建築資材が優先的に被災地へ運ばれたためです。

とはいえ、そのあと干支がひとめぐりするまで未完成のままだったのは、災害のせいではありません。それとは別の、じつに卑小でばかばかしい厄災――すなわち、例の二度目の夫がこしらえた、財産のうちなどとはとうてい呼べない借金のせいでした。

別れるその日には自分の車に乗せて最寄りの駅まで送ってやり、ケロリと手を振って見送った彼女でしたが、いざ自分の背負うこととなった正確な負債額が判明し、そのうえ知らない間に公共料金などの未払いで土地家屋が差し押さえになっていると知った時はさすがに大きなショックを受けたようです。

即座に支払いを済ませることで差し押さえは解かれましたが、後にも先にもあんなに取り乱した彼女を見た例しはありません。人の見ていないところでないと本音を吐けない質(たち)らしく、ありったけの呪詛(じゅそ)を口にしながら力任せに段ボール箱を蹴り飛ばし、しまいには命より大事な三毛猫を抱きかかえて手放しでおいおい泣きました。

あの時、猫とあたしは同じことを考えていたと思います。この女、これで少しは賢くなったろうか、そうでありますように、と。

人の心根や精神状態というものは、良くも悪くも部屋の様子に表れるようですね。

あたしとしては正直、あの男が生活というものに参加しないばかりか、吸い殻が山盛りの灰皿や飲み残しのコーヒーがこびりついたマグカップさえ顧みないせいで身の裡が澱(よど)んでたまらなかったので、出ていってくれた時はじつにすっきりしたものでした。

夫婦生活がうまくいかなくなって以来、あたしという家への興味が薄れてしまっていた彼女でしたが、独りに戻り、金銭面での最初のショックからとりあえず立ち直ると、がぜん張りきって部屋の模様替えを始めました。そうすることで男の気配や残り香さえも追い出してしまいたかったのでしょう。眉間に皺(しわ)寄せ、両手に消臭スプレーを二丁拳銃よろしく握りしめて、寝室やクローゼットをはじめとする家じゅうのあちこちに吹きつけて回る姿はなかなかの見ものでした。

これまでにないほど丁寧に隅々まで掃いたり拭いたり、窓をとことん磨きあげたりしてくれたおかげで、あたしの体の中には久々に光が射し、風が吹き抜けて——不思議なことですが、持主がそうして愛情というまなざしを注いでくれると、たとえば庭で摘んできた花や、それを活(い)けた花瓶や、あるいはあたしのあちこちに置かれた他愛ない雑貨の一つひとつまでが喜んで輝きを放ち始めるのです。

通常であれば五人家族の引っ越しが四トントラック一台で間に合うところ、たった一人で同じトラック三台を必要としたほど節操のない、いわゆる〈捨てられない女〉ではあります。でも、あたしがひとつだけ彼女を認めてやってもいいと思うのは、それほどたくさんのモノを所有しながら、取るに足りないガラクタひとつに至るまで、すべての持ちものの出自を正確に記憶していたことでした。

本棚に置いた古いタイルの欠片は、小説の取材で訪れたモロッコの古都マラケシュで、迷路のような市場に店を出していたおじいさんとの長い値段交渉の末に買ったもの。窓辺の石ころたちはテレビ番組のロケでロシアを旅した際、バイカル湖のほとりで拾い集めたもの。同じくあちこちに配された石や貝や釘や枝など、彼女はそのすべてについて来し方のストーリーを語ることができました。くたくたに柔らかくなるまで洗いざらしたラルフ・ローレンの花柄ハンカチは、むかし大学職員をしていたころ親しかった同僚からもらったものだし、駄菓子屋のガラス瓶にためたコルク栓は、友人や編集者たちをここに招いて食事をした際にあけたワインの数と同じだし……といった具合に、彼女にとってはどれもこれもが人生を彩る大切な記憶のよすがなのです。

持ち物を減らすばかりがこの世の美徳ではありません。数々の想い出こそがそのひとの人生を形づくってゆくのだと考えれば、彼女がそれらのモノたちを一つひとつ愛で、大事にあたしの体の中に配置してくれるのは、あたしと彼女の双方にとってとても善きことのように思えました。

……甘すぎるでしょうか。じつのところ、あの日のひどい泣き顔を見て以来、あたしはもはや彼女を放っておけなくなっていました。

（あんたがそうやって、こちらをちゃんと愛してくれるんなら……）

あたしは思いました。

（ほんとうにこれからもそうしてくれるんなら、あたしもあんたを守ってあげる。落ち着いて食事をし、心の底からくつろぎ、愛する猫を抱いてぐっすり眠れる場所を提供してあげる。約束する）

あたしの想いが伝わったのでしょうか。

やがて彼女は、人生でおそらく最良の選択をし、〈背の君〉なる恐ろしくマメな男をあたしと猫たちの下僕としてこの家に迎え入れることとしたのでした。

便宜的に〈マメ男〉と呼びましょうか。今どきめずらしいくらいクセの強い大阪弁を話し、そうでなくともたいへん口の悪い男なのですが、口だけうまくて何もしない男と比べれば、どちらが人として上等かは自明の理です。

以前は彼女が鎌で刈り、ぎっくり腰で立てなくなった翌年からは業者に頼んで刈ってもらっていた雑草を、今ではマメ男がひと夏に二度三度と、草刈り機で根こそぎ刈り取ってくれます。側溝に溜まった落葉なども定期的に見回って掬(すく)い上げ、流れが滞らないように気をつけてくれますし、バルコニーの木部は二年ごとに塗り直し、網戸が破れれば即座に補修、要求の多い妻にあれこれ頼まれても嫌な顔ひとつせず、重たい土を運んだり、庭の木に小鳥の巣箱をかけてやったりします。かわいそうなマメ男。

数年前の春、彼女の父親が倒れて亡くなっているのを見つけた時、一緒にいたのがマメ男だったことにあたしがどれほど安堵したかわかってもらえるでしょうか。彼にとっては尊敬する伯父でもあったそのひとの骨壺を、納骨の日までしばらくこの家で預かっていた間じゅう、彼は線香のかわりに煙草(たばこ)に火をつけて一本供え、彼女はその横に淹れたてのコーヒーを一杯供えました。それが夫婦の毎朝の儀式でした。

翌春、長い時を共にしたあの猫を闘病の末に見送った時も、彼はそばで支えていました。おしまいの日々に寄り添ったテレビ番組には、だから彼の姿も映っています。

愛猫のことばを借りるかたちで語られたモノローグに、こんなくだりがありました。

〈当然のこっちゃけど、一番にうちを、二番目にかーちゃんを大事にしよるし、うちのごはんを自分の餌より先に用意しよるし、うんこの片付けもサボりよらん。せやからうち、生まれて初めて呼んだることにしてん。とーちゃん、ちゅうてな〉

ひと足早く旅立ったあの綺麗な三毛猫も、彼女のかたわらに〈とーちゃん〉がいてくれると思えば安心して逝くことができたのではないでしょうか。

そうしてまたまた翌年の春——今度は彼女の母親が、つまりマメ男にとって伯母にあたる人が静かに息を引き取りました。

葬儀の日、なぜか足もとから離れなくなった猫を連れ帰ってお産の面倒を見た顚末については、きっと皆さんのほうがよくご存じのことと思います。そうこうするうちに、父親の飼っていた大きな猫もある日突然亡くなって……。

以前から、あたしはこう思っていました。

〈誕生〉と〈死〉、その二つを経験したことのない家は、まだホンモノの家とはいえないんじゃないか、って。

彼女の両親がここで亡くなったわけではないけれど、それぞれの死の重みは想いとともにこの家の壁に染みこんでいますし、彼女が自らの半身のように愛した猫を見送ったのも、そしてまるで生まれ変わりのように現れた猫が難産の末に二つの命を産み落としたのも、間違いなくこの家の中での出来事です。

竣工から三十年という歳月が過ぎた今、あたしの体は正直、あちこちガタがきてぼろぼろです。壁の内と外にはひびが入り、屋根は雨が漏るし、柱なんか猫たちが爪とぎをするおかげで痩せ細って傷だらけです。

にもかかわらず、あたしは最近ようやく、ただの建物ではなく一人前の〈家〉としての自信と誇りを持てた気がするのです。

もしかするとそれは、作家の仕事を始めてちょうど三十年目を迎えた彼女自身の感慨と、どこか似通ったものなのかもしれません。

こんなロートルの体で、彼女たちの暮らしをいったいいつまで守ってやれるものか——でもきっと、マメ男さえいれば、手遅れになるより前にその都度、あたしに適切な処置を施してくれることでしょう。

それまではせいぜい、にぎやかな猫たちに我が身を削られる痛みにも黙って耐えるとしましょうか。

なぜって、家にとっての最高の幸せは、自分の胎内に暮らす人々が笑っていることなのですから。

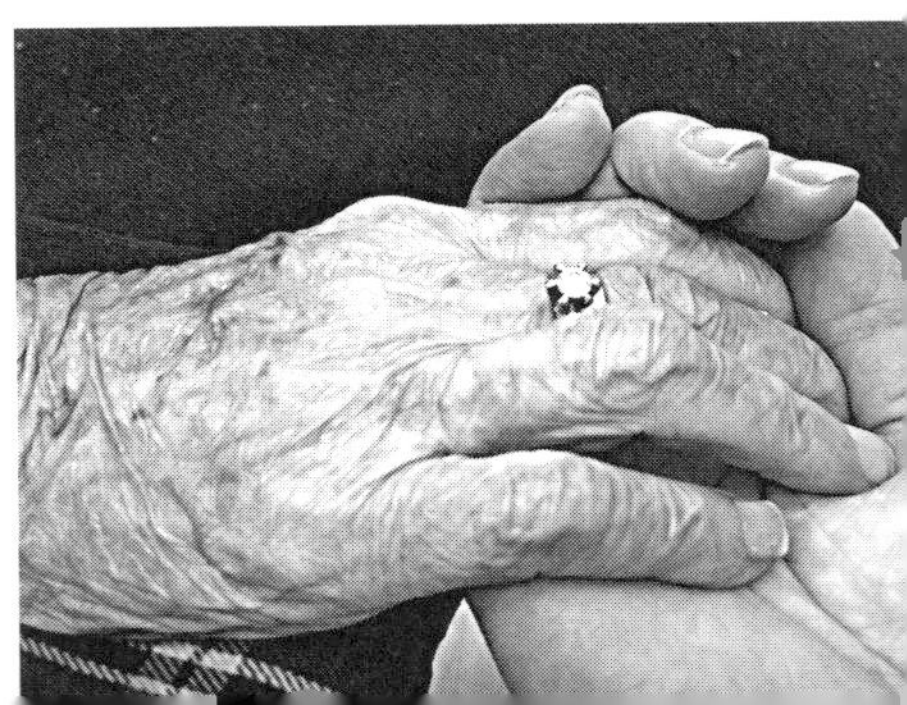

共に過ごせる喜びのほうが
見送る哀しみを上回るから一緒にいる。

初出◎ホーム社文芸図書WEBサイト「HB」2022年4月～2023年3月掲載
「我が家の言いぶん」は書き下ろしです。

ブックデザイン◎望月昭秀＋境田真奈美（NILSON）
撮影◎露木聡子（カバー、化粧扉）、村山由佳（口絵、本文写真）
イラスト◎村山由佳
本文組版◎有限会社 一企画
校正◎株式会社 鷗来堂
編集◎高梨佳苗

profile

村山由佳（むらやま・ゆか）

1964年東京都生まれ。立教大学卒業。93年『天使の卵―エンジェルス・エッグ―』で小説すばる新人賞を受賞しデビュー。2003年『星々の舟』で直木賞、09年『ダブル・ファンタジー』で中央公論文芸賞、島清恋愛文学賞、柴田錬三郎賞、21年『風よ あらしよ』で吉川英治文学賞を受賞。『猫がいなけりゃ息もできない』『命とられるわけじゃない』『星屑』『ある愛の寓話』『Row&Row』など著書多数。

記憶の歳時記

2023年10月30日　第1刷発行

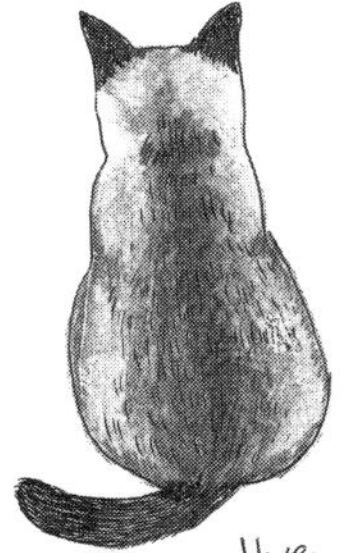

著者　村山由佳

発行人　清宮 徹

発行所　株式会社ホーム社

〒101-0051　東京都千代田区神田神保町3-29 共同ビル

電話　編集部　03-5211-2966

発売元　株式会社集英社

〒101-8050　東京都千代田区一ツ橋2-5-10

電話　販売部　03-3230-6393（書店専用）

読者係　03-3230-6080

印刷所　TOPPAN株式会社

製本所　加藤製本株式会社

Kioku No Saijiki

ISBN978-4-8342-5377-1　C0095